로크미디어가
유혹하는
재미있는 세상

전능하신
영주님

전능하신 영주님 14

2022년 6월 16일 초판 1쇄 인쇄
2022년 6월 21일 초판 1쇄 발행

지은이 가휼
발행인 김정수 강준규

기획 이기헌 왕소현 박경무 강민구
책임편집 백승미
마케팅지원 이원선

발행처 (주)로크미디어
출판등록 2003년 3월 24일
주소 서울시 마포구 성암로 330 DMC첨단산업센터 318호
Tel (02)3273-5135 **편집** 070-7863-8595 **Fax** (02)3273-5134
홈페이지 rokmedia.com **E-mail** rokmedia@empas.com

ⓒ 가휼, 2021

값 8,000원

ISBN 979-11-354-7094-3 (14권)
ISBN 979-11-354-9918-0 04810 (세트)

전능하신 영주님

가휼 판타지 장편소설

14

Contents

1장

"영주님 입관하십니다!"

시론의 외침에 정무원에 모인 모든 정무관들이 카일을 향해 고개를 숙였다.

카일은 그 중앙을 당당히 가로질러 영주석에 올랐다.

정무관들을 내려다보니 여러 가지 표정과 감정이 읽혔다.

다들 같은 마음일 수 없을 것이고 같은 생각일 수도 없을 것이다.

각기 다른 저들을 모두 아울러 끌어가는 게 영주인 자신의 몫이다.

그러기 위해선 저들의 웅심을 자극할 만한 새로운 목표를 제시해야 한다.

물론 그에 따른 상도 함께다.

"새로운 한 해의 첫 번째 정무회의를 시작하겠다."

"잠시! 잠시 늦었습니다!"

정무원의 문이 닫히려던 찰나, 레온이 정무원으로 들어왔다.

"들라."

카일이 손을 들어 그를 환대했다.

레온은 자신에게 꽂히는 시선들에 주눅 들지 않고 당당히 걸어서 가장 앞줄에 섰다.

본래 칼데온이 서던 그 자리였다.

"신 레온, 영주님의 명을 수행하고 입관하였습니다."

카일은 가볍게 고개를 끄덕여 준 후 다시 정무회의의 시작을 명했다.

정무원의 문이 닫히고 정무회의가 시작되었다.

카일은 줄을 당겨 휘장을 젖혀 지도를 펼쳤다.

이제 정무관 중에 카일이 준비한 지도에 무슨 의도가 숨어 있는지 모르는 이가 없다.

카일이 항상 목표한 곳까지 표기된 지도를 준비하기 때문이다.

그렇기에 지금 이 지도를 본 정무관들은 다들 손끝이 간질거리는 느낌을 받았다.

북으로는 로살롯의 동북 방향인 숄을 포함하여 서북 방향인 루인트리 지역까지.

동으로는 프론숲 일대와 글레인을 넘어 루카시스의 울타리라 불리는 드라울라사막까지.

남으로는 콘스칸 일대 전역을 포함했고 서로는 바르테온 산맥 줄기를 그리고 있었다.

말 그대로 루카시스에 포함되는 전역을 전부 아우른 지도였다.

"내가 올 한 해를 시작하며 세우는 정무 목표는 이 지도상의 모든 영토가 우리 바르테온의 관세법과 도량법을 기준으로 삼는 것이다. 또한 우리 바르테온에 모든 지역의 물자와 사람이 모였다가 다시 모든 지역으로 뻗어 나갈 수 있도록 만들 것이다."

장내에 있는 모두가 카일의 목표가 무엇을 의미하는지 이해했다.

지금까지 해 왔던 것의 극적인 확장이기 때문이다.

정무관들은 이 큰 범위에도 혼란스러워하지 않고 자신이 해야 할 일을 추산했다.

지금 이렇게 말이 나왔다는 것은 당장 오늘부터 과업이 시작될 것임을 아는 것이다.

"그것은 우리 바르테온이 루카시스의 심장이 되는 것이니, 이를 이루면 바르테온의 천 년 성세가 보전될 것이며, 그대들의 이름 또한 함께 이어질 것이다."

12세대에서 의도적으로 13세대로 권력 이동을 시키던 시점이었다.

자신들의 숙원을 이룬 12세대의 주역들은 이제 한발 뒤로 물러나 자신들의 자리를 후대에게 이어 주는 것이 좋겠구나 여기고 있던 때이기도 했다.

하지만 바르테온을 사랑하는 마음이 식은 것은 아니다.

그들도 칼데온처럼 하려거든 얼마든지 할 수 있다.

단지 그와 같은 역할을 받을 만한 임무가 없었을 뿐이고, 그만큼 열정적인 계기가 생겨나지 않았을 뿐이다.

카일은 다시 밧줄을 당겨 다음 지도를 펼쳤다.

같은 지도에 붉은 점이 표시된 지도였다.

그 붉은 점은 루카시스 전역에 걸쳐 거미줄처럼 퍼져 있었다.

"표시된 지점에 교역소를 건설할 것이다. 교역소는 사람과 물자 운송의 징검다리가 될 것이며, 주변 일대의 모든 상업품이 모이는 거점으로 성장시킬 것이다."

처음 교역소를 건설하는 명목은 운송을 하는 일꾼들이 쉴 수 있는 쉼터로 시작하게 될 것이다.

처음이야 당연히 여관 한두 채로 시작하겠지.

하지만 거쳐 가는 물자와 사람의 양이 많아지면 시설이 늘어나게 되고 시설이 늘어나면 그 늘어난 시설이 사람을 끌어모으게 된다.

운송업자들도 결국은 상인들이니, 그들은 모여든 사람에게 다른 지역에서 공수한 물건을 팔게 되고 해당 지역의 물자를 사들이기도 할 것이다.

그리되면 그 자리에 시장이 형성된다.

작은 마을 단위에선 만들어지지 않는 시장이지만, 주변 몇 개 마을의 중간 자리에 들어선 쉼터엔 자연스러운 흐름으로 시장이 만들어질 수 있는 것이다.

그러면 그 자리는 그대로 교역소로 성장한다.

일대의 돈과 물자가 전부 교역소를 거쳐 나가게 된다.

어쩌면 그 교역소가 해당 지역의 영주보다 더 큰 경제적 영향력을 가지게 될지도 모르는 일이다.

"루카시스의 눈에 보이는 땅은 여러 이름들이 나누어 가지고 있지만, 이 눈에 보이지 않는 상업의 영토엔 그 누구도 제대로 된 깃발을 꽂은 자가 없다. 나는 그대들과 이 상업의 영토를 함께 나눌 것이다."

카일이 사사레를 가리켰다.

사사레가 앞으로 논공행상에 관한 문건을 들고 앞으로 나왔다.

"본 논공행상은 비단 이번 솔과의 전투뿐 아니라 지난 한 해 동안 수행한 모든 과업을 감안한 것임을 미리 고지하겠소."

아무리 과업 수행이 포함되었다고는 하지만 전쟁에서의 공훈을 넘어설 수는 없다.

전쟁에서 공훈을 세운 모든 이들에게 더 큰 상이 돌아갔는데, 그 상의 대부분은 당장 수익을 거둘 수 있는 사업체들이었다.

온천 호텔에 대한 운영권이 가장 큰 상이었고 그다음이 앞으로 조성될 상업 거리와 극단에 대한 운영 수익권이었다.

그리고 상행단이 있다.

지금은 정무 수행으로서의 상행단을 운영하고 있지만, 향후엔 상행단이 그대로 수익을 만들어 내는 사업 조직이 될 것이다.

해서, 정무 관련 상행단 말고 사적으로 자신의 상행단을 꾸릴 수 있는 권한 또한 상으로 내려졌다.

그다음의 큰 상은 방금 말한 계획에서의 교역소장의 자리였다.

물론 지금 상황에서의 교역소장 자리는 공수표에 가까웠지만, 다들 그것이 이루어지리란 믿음이 확고했기에 상으로 내려진 교역소장 임명서를 허울 좋은 종이 쪼가리 취급하는 이는 없었다.

그 외에 소소한 상으로 당장의 직급과 봉급을 올려 주고 명예 휘장을 하사하는 것으로 마무리했다.

상에 대해서는 다들 불만족한 것 없이 대부분 좋게 받아들이는 분위기였다.

그들도 이번 신년식에서 모여드는 사람과 유통되는 물자,

그리고 흐르는 돈의 규모를 느꼈기 때문이다.

그리고 다른 지역의 방문자들로부터 여러 찬사와 부러움을 받았기에 심적으로 자긍심이 충만한 상태이기도 했다.

거기에 더해 카일이 제시한 앞으로의 계획 또한 널리 퍼져나가되, 모든 것의 중심이 되겠다고 하는 것이었으니 기사들의 마음에 불을 당기기 부족하지 않았다.

하지만 여기서 끝이 아니었다.

"앞으로의 계획이 이렇듯, 지금보다 더 많은 과업과 더 고되고 위험한 일들을 수행해야 할 것이오. 영주로서 그대들에게 지원 없는 부담만 줄 수 없는 바."

카일이 준비한 책을 내놓았다.

두껍지 않은 책이었지만 그 무게감을 모르는 이는 없다.

특히 사일론과 휴슬레의 눈동자가 깊게 가라앉았다.

"경들의 성장이 이 바르테온의 성장인바, 경들에게 도움이 될 마나술을 추리고 추려 기록하였소. 이 책은 훈련장에 둘 것이니, 훈련 시간에 누구든 편히 열람할 수 있게 하겠소."

"영주님의 아낌없는 베풂에 감사드립니다."

"그 은혜가 한량없습니다!"

"이에 더불어, 신년 선포식에서 공표했던 대로 모든 영지민들의 수신을 위한 기본 마나술 또한 편히 익힐 수 있도록 조직을 구축할 것이오. 수업을 진행할 교습기사가 필요하니

각 가문에선 적당한 인원들을 선별하도록 하시오."

"예, 영주님. 명 받습니다."

카일은 그 이후에도 자잘한 몇 개의 정무 사항을 지시한 후 정무회의를 끝냈다.

신분패에 대한 것도, 마나술 배포에 대한 것도 별다른 언급이 나오지 않았다.

더 큰 목표로 그것을 덮어 버렸기 때문이다.

그리고 신년 선포식 때 1열에 세웠던 이들을 정무회의에 참석시키지 않은 것도 주요했다.

비슈까지는 그렇다 하지만, 소피아 등을 정무회의까지 정식으로 참석시켰다면 신년 선포식에서의 1열 세움을 상징성이 아닌 실질적인 권력 이동으로 체감하게 될 가능성이 크다.

그것은 아직 민감한 부분이니 어느 정도 시일을 보려 한다.

그리고 소피아, 페르벤, 마도스가 어떠한 정무 감각이 있는 것이 아니기도 했다.

지금 당장은 일을 받아서 하는 수준을 넘어서지 못했으니 한 1년 정도 더 성장시킨 후에 정무회의에 참석시켜도 늦지 않다고 본다.

그리고 그때가 되면 12세대 정무관들은 루카시스 전역의 교역소장으로 파견을 보낼 것이니 지금과 분위기도 많이 달라져 있을 것이다.

급히 갈 것은 급히 가되, 천천히 갈 것은 천천히 가면 될 일이다.

"영주님, 신년식의 공식 일정은 오늘이 마지막입니다. 폐회식은 그간의 관례대로 자정으로 잡았습니다."

정무회의가 끝나고 사사레가 혼자 남아 보고했다.

"알겠소. 식은 끝난다 하여도 축제 분위기는 이번 수신일까지 그대로 이어지게 하시오."

"예. 준비한 음식도 아직 여유 있습니다. 수신일까진 충분히 가능할 것입니다."

"좋소. 그리고 문화부를 신설하여 연극과 무대를 총괄하도록 할까 하오. 한데, 현 정무관 중에는 마땅한 이가 없어서 말이오."

여력이 남는 이가 없기도 하거니와 연극에 대한 이해를 가지고 있는 이도 없다.

특히 연극은 창작자의 자유가 보장받아야 되는데, 이 고루한 기사들의 머리에는 기사도가 기본 장착이라 이것저것 딴지를 걸 가능성이 높다.

"원론적으로 보면 현장 실무 능력과 충분한 배경지식, 관련 인력에 대한 큰 영향력을 가진 이가 관리자가 되어야 하오. 그러자면 현재 배우들의 단장인 갤리언이 제일 알맞다는 결론이오."

"아뢰기 송구하오나, 우리 바르테온에도 배우가 없지는 않습니다. 그들을 우선으로 실무 행정을 보게 하는 것은 어떠신지요?"

"그럴 거였으면 애당초 그들에게 무대를 제공하지 않았을 거요. 경은 내 의도를 알고 있지 않소."

"예. 송구합니다. 이해하고 있습니다."

"하나, 경의 염려대로 갤리언에게 당장 부장 자리를 내릴 수는 없소. 그래서 실무는 갤리언이 하되 경이 이 일의 권한을 가지고 살펴 주길 바라는 것이오."

"예, 영주님. 영주님의 뜻이 그러하시다면 따르겠습니다."

"너무 과중한 과업이라 서운치 말아 줬으면 하오. 일이기도 하나 상이기도 한 과업이니."

방금 여러 귀족들에게 극단 운영권이 상으로 내려졌다.

지금이야 그냥 그런가 보다 하지만 후일이 되면 큰돈을 벌어들일 수 있는 우량한 사업장이 될 것이다.

그 사업장에 대한 총괄 관리 권한이 지금 사사레에게 위임되는 것이다.

"영주님께서 저를 크게 이끌어 주시는 바를 잘 알고 있습니다. 영주님께서 안심하실 수 있도록 어서 빨리 성장하겠습니다."

사사레가 진심을 담아 읍했다.

"고맙소."

"고맙다니요. 당치 않습니다. 신하로서 마땅한 감사입니다."

"누가 되었든 내 마음을 있는 그대로 알아주면 그게 고마운 일이오. 그럼 그만 나가 보시오. 극단은 내가 우선 언질하여 보내도록 하겠소."

"예, 영주님."

사사레가 물러났다.

카일은 집무실로 자리를 옮기며 갤리언과 리사를 호출했다.

둘은 금방 집무실로 찾아왔다.

"부름받고 대령했습니다."

갤리언이 먼저 허리를 숙였다. 리사는 괜히 뾰루퉁한 얼굴로 마지못해 하는 듯, 인사를 했다.

"여기, 추가로 준비하라 하신 연극의 대본입니다. 내일쯤이면 시연극을 선보일 수 있을 것입니다."

갤리언이 준비한 대본을 내놓았다. 카일은 그것을 열어 보지 않고 옆으로 밀어 놓았다.

"그대들의 실력이야 이미 확인했으니 의심이 없지. 그보다 이렇게 부른 것은 다른 용건이 있어서다."

"말씀해 주십시오."

"그대들이 준비한 연극에 내가 큰 감동을 했어. 그리고 영지민들에게도 아주 큰 호응이었고. 더 많고 다양한 무대와 연극을 만들고자 한다."

"영주님께서 그리 만족하셨다니 크나큰 영광입니다."

"그대가 함께 꾸려 온 인원이 총 100명이었지?"

"그렇습니다."

"그 100명을 전부 단장으로 키우고자 한다면 어떠하겠나? 100개의 극단이 새로 생기는 것이지."

"예에?"

일관된 침착함을 유지하던 갤리언의 평정심이 깨져 버렸다.

'뭐지? 왜 갑자기 이런 말 같지도 않은 소리를? 이자가 농담 따먹기나 하는 인물은 아닐 텐데.'

갤리언의 머릿속이 복잡해지는 순간이었다.

설마 자신의 거짓 투항을 눈치채고 이런 헛소리를 하나 싶었지만 그건 아니라는 생각이었다.

"극단이 꼭 대규모일 필요는 없는 것 아닌가. 서넛에서 열 댓 명 정도 되는 소극단도 있을 건데."

"그야 그렇습니다."

"실력에 상관없이 지망생들까지 모은다고 하면 10인 단위 극단 100개 정도 못 만들겠나."

"그것도 그렇기는 합니다."

'이 인간이 진심으로 극단 100개를 만들겠다는 뜻인가? 대체 무슨 목적으로?'

"내 보기에 지금 극단원들이 모두 출중한 이들인 것 같아서 말이지. 말단이라고 해도 보고 배운 것이 있으니 견습생들 정도는 충분히 가르칠 수 있을 거라 생각하네만."

"지망생을 받는다고 한다면 그 정도는 가능할 것입니다. 한데, 100개나 되는 극단이 어찌 필요한 것인지요?"

"자네들의 연극이 마음에 들었다니까. 내 백성들에게 더 많고 다양한 극을 보여 주고 싶은 마음이야. 벤자르에선 그랬지 않나? 골목마다 소극장이 있던데."

"아……. 예. 벤자르에선 작은 공연들이 수시로 열리긴 했었습니다."

"그 문화가 부럽더라 이거지. 벤자리안들은 자신의 방 안에서도 창문 너머로 연극을 보고 했었을 테니까. 내 백성들에게도 그런 경험을 시켜 주고 싶다는 말이야."

"그러시군요……. 참으로 자애로운 결정이십니다."

갤리언의 미간이 살짝 찌푸려졌다.

카일의 의중을 있는 그대로 받아들이기가 어려웠던 탓이다.

그가 알고 있는 카일은 싸움 좋아하는 폭군에서 크게 동떨어지지 않았기 때문이다.

지금까지 보아 온 모습들에서도 그런 폭군이라도 자기 새
끼는 이뻐하겠거니 했던지라 크게 인상적이지 않았는데, 지
금 모습은 진심으로 백성들의 즐거움을 위하는 모습인 것 같
은 느낌을 받았다.

믿기지 않는 모습이었다.

'설마 진짜 순수하게 즐거움을 주려는 생각이려고. 정치
선전과 대중 선동에 이용하려는 거겠지.'

"해서 어떻게 생각하나? 그리고 보면 벤자르에 가족이나
친인척이 남아 있는 단원들도 있을 것 아닌가. 가족들을 불
러들여 같이 극단을 꾸리라고 하면 내가 경우에 안 맞는 강
요를 하는 것인가?"

"그……렇지는 않습니다."

"하면 그렇게 추진을 해 보고자 하는데 말이야. 내 신하들
중에는 이 극단 양성책에 적임자가 없어. 자네가 총괄적인
실무를 좀 봐 줬으면 해. 물론 관리 감독은 받아야겠지만 말
이야."

"예. 명령하신다면 따르겠습니다."

갤리언은 일단 고개를 숙였다.

'생각해 보면 나쁠 게 없는 일이다. 우리 세력을 더욱 불려
나갈 수 있는 기회라고 봐도 좋아. 그리고 내가 공을 세우면
그만큼 신임을 받는 것이니 마다할 이유가 없어.'

"그러면 일단 그렇게 해 보자고. 100개의 극단이라고 했지

만 실상 그렇게 되지 않을 것임은 알아. 최소한 연출과 창작이 되는 인원이어야 단장을 하겠지. 그렇다고 하면 몇이나 될까? 한 30명 정도는 기대해도 되겠어?"

"100개의 극단을 전부 만들 수 있습니다."

"오- 그래? 어떻게?"

"같은 대본의 극이라 하여도 연출과 연기에 따라서 그 느낌이 다르고 심한 경우 장르가 변하기도 합니다. 그렇게 연출과 대본을 받아서 한다면 창작 능력이 없는 단장이라고 해도 연극을 올릴 수 있습니다. 실제로 대본을 받아 연극을 올리는 단장들도 많습니다."

"원래 일이란 게 처음엔 남의 것을 답습하며 배우는 것이니 그것도 나쁘지 않군. 하다 보면 실력도 점차 늘겠지."

"예. 옳은 말씀입니다."

"그리고 평소에는 벤자르처럼 골목 골목으로 퍼져 크고 작은 연극을 하되, 지금처럼 다 같이 모여서 큰 연극도 할 수 있도록 준비되었으면 좋겠어."

"예. 무슨 뜻인지 이해하였습니다. 제가 가능하도록 만들어 보겠습니다."

"행정 지원에 대한 것은 수관에게 언질해 두었으니 찾아가면 될 거야."

"이렇게 지원까지 아끼지 않아 주시니 몸 둘 바를 모르겠습니다. 최선을 다해 영주님의 의중을 살피겠습니다. 전파해야 하는 기조를 말씀해 주시면 그것으로 기준을 잡아 극을 준비해 보겠습니다."

"일전에도 그 소리를 하더니 또 같은 말을 하는군. 그런 기조나 기준 따위는 없다니까. 하고 싶은 이야기를 자유롭게 풀어내라고 해. 백 명이 단장이면 백 가지 이야기가 나와야 하지 않겠어?"

"알겠습니다. 그러면 일정한 기조 없이 자유로운 연극을 준비하라 기준을 잡겠습니다."

갤리언이 읍했다. 갤리언에게 내릴 지시는 모두 내렸다. 이다음은 리사다.

"리사."

"네."

"표정이 왜 그래?"

"무슨 말씀인지요? 제 표정이 어떻다구요."

"불손한 표정이라서 말이야. 내가 자네 안색을 살펴야 하는 이 상황이 매우 불편한데 말이지."

"송구합니다. 리사 수석이 어제 하루 종일 영주님께서 찾아 주시길 매우 고대하였습니다. 그 마음이 서운하여 지금 이렇게 티가 나나 봅니다. 영주님께서 너른 아량으로 용서해 주시길 간청드립니다. 리사, 대체 왜 그리 시건방을 떠는 거냐. 얼른 사죄드려!"

갤리언이 대신 호들갑을 떨었다.

리사는 입술을 삐죽거리며 고개를 숙였다.

저게 진심이라면 첩자의 기본이 되어 있지 않은 것이고, 저마저도 방심을 유도하기 위한 연기라면 그야말로 세상에 다시 없을 배우라고 해도 될 일이다.

물론 전자든 후자든 무희로서 그녀의 가치엔 영향이 없다.

리사는 무희의 능력만으로도 아낄 만한 인재이다.

"리사, 신년식 행사는 이번 수신일까지 이어질 것이다. 다음 주부터는 당장의 큰 무대가 없을 테니 남는 시간 동안 무희들을 양성하도록."

"무희들을 가르치라는 것인가요?"

"그렇다. 영애들 중 가무에 소질이 있고 연극에 관심이 있는 이들을 추려서 보내겠다. 소신껏 가르치도록."

"후우-. 알겠습니다."

"1달 후쯤이면 거리마다 공연을 할 만한 소극장들이 들어서게 될 거다. 그 전까지 체계를 갖추도록."

"예, 영주님. 차질 없이 준비하겠습니다."

카일은 둘을 내보냈다.

그 후엔 모즈 부인에게 연극을 할 영애들을 모집해 달라 서신을 보냈다.

바르테온의 영애들은 다과회에서 갈빗대 한두 대 나가는 것 정도는 호호 웃으면서 넘기는 이들이다.

이 드세고 강한 여인들을 리사가 어찌 감당할 수 있는지도 궁금한 일이다.

사람을 다루는 지휘관으로서의 자질까지 있다면 그대로 무희 양성소의 소장을 맡겨 봄 직도 하니 말이다.

"배우 양성은 일단 여기까지. 이다음은 야외극장을 만드는 걸 연결해 주면 되고."

마침 술사단이 요즘 일이 없다. 야외극장은 간단한 무대에 걸터앉을 계단식 관람석만 있으면 되는 거라 구조도 간단하다.

혼자서도 하루에 몇 개씩 지을 수 있을 거다.

카일은 더 신경 쓸 필요가 없는 일은 뒤로 넘기고 다음 일을 꺼냈다.

울드는 아직 지하에서 나오지 않았으니 먼저 찾을 필요가 없으니 레온을 먼저 소환했다.

레온은 정무회의에 참석했던 모습과 달리 깔끔하게 정돈된 모습으로 찾아왔다.

이렇게 다시 보니 여전과 같은 투기가 안으로 잔잔히 갈무리되어 있는 게 느껴졌다.

평소 칼데온의 기운과 비슷한 느낌이다.

이러다가도 필요하다 여겨질 땐 폭발하듯 투기를 쏟아 내겠지.

"가름에게 죽 맞춰 주느라 고생했어. 드워프들이 원래 좀 끈질겨."

"저도 그 덕에 새로 익힌 기술을 마음껏 시험해 볼 수 있었습니다. 좋은 공부였습니다."

"정리는 다 된 거야?"

"예. 공간검이라고 이름 지었습니다."

"공간을 격해서 베어 내는 검이니 어울리는 이름이다. 엘프의 마나 운용술에서 영감을 얻은 것이지?"

"바로 알아보시는군요."

"나도 주시하고 있었으니까. 그런데 네가 더 빨랐군."

"그 점은 저도 천만다행이라고 생각합니다."

"나에게도 다행이지. 그것이 너를 오롯이 온전한 지크로 만들어 줬으니까."

"예, 영주님의 바람대로 자립하였습니다."

레온이 가진 분위기는 어떠한 절대자로서의 여유로움 같은 것이 아니었다.

레온이 마스터가 되었다고 한들 카일을 넘어선 것은 아니니 카일 앞에서 여유를 부릴 처지도 아니고 말이다.

그럼에도 지금 레온이 이렇듯 아무런 투기 없이 평정심을 유지할 수 있는 것은, 그가 자신이 처한 모든 것을 있는 그대로 받아들이고 있기 때문이다.

비가 오든, 눈이 내리든, 바람이 불든 해가 쬐든, 자연의 기운은 그 모든 것을 있는 그대로 받아들이는 것처럼.

레온도 자신이 존재하는 그 자리에서 주변의 모든 것들을 가감 없이 받아들였다.

그야말로 자립이었다.

"감탄할 만해. 완성에 가까운 모습이야."

"과찬이십니다."

"기술적인 부분은 몰라도 정신적인 부분에서 말이야. 사사로운 것에 흔들림이 없겠어."

이 또한 칼데온과 같은 상태이다.

아니, 어쩌면 칼데온보다 더 자유로운 상태에 있지 싶다.

그러니 레온에게도 필요한 과업을 수행토록 할 수 있다.

칼데온에게 벤자르에서 숙련공을 모집해 오라 했던 것처럼 말이다.

"어때? 지크가 되었으니 본연의 지크로서의 숙원을 해결해 보는 건."

지크령은 바르테온령의 최남부에 길게 형성되어 있다.

지크령의 끝이 콘스칸 일대로 넘어가는 경계인 것은 지크 가문이 콘스칸으로부터 바르테온을 지키는 방벽의 역할을 했기 때문이다.

"콘스칸령을 도모하란 말씀이십니까?"

"무력으로 겁박하란 뜻은 아니야. 이미 상업으로 기반을 전부 다 닦아 놨는데 거기에 칼을 들이밀 필요는 없지. 들이밀어서도 안 되고. 그랬다간 오히려 그들을 하나로 뭉치게 만드는 일이야."

"하면 제가 무엇을 하면 되겠습니까?"

"그들을 잘 회유하여 앞으로 있을 상업 연동에 잘 참여할 수 있도록 하는 것이지."

"정복이 아니라 회유군요."

"정복은 저항의 불씨를 남기게 돼. 그 불씨를 끄기 위해서 얼마나 많은 피를 보아야 하고 또 얼마나 많은 잔혹한 짓을 자행해야 하겠어. 그것은 번영이 아니라 지배이고 착취일 뿐이야. 우리 기사도에 맞지 않잖아."

카일은 빙긋이 웃으며 말했다.

이 기사도에 대한 실천은 절대적으로 지켜야 하는 자세이다.

그것이 바르테온의 기사들이 널리 뻗어 나갈 수 있게 하는 자긍심이자 원동력이기 때문이다.

우리는 악하지 않다.

우리는 지배를 목적으로 침략하는 것이 아니다.

우리는 좋은 것을 함께 나누고, 서로 협력하여 인간을 더 이롭게 하기 위한 기사도를 실천하는 것이다.

이러한 신념을 가슴에 품고 있기에 그 어느 곳에 가서도 떳떳하게 존재할 수 있는 것이다.

"그러니 콘스칸에게도 다를 게 없어. 과거의 성세를 잃은 지금은 서로 협력하기는커녕 오히려 반목하는 탓에 100년 전보다 궁핍하고 열악한 환경이 되었잖아. 그 피해는 고스란히 평범한 영지민들이 받고 있을 것이고."

"말씀 그대로 기사도를 실천하라는 뜻이군요."

"그렇지. 우리는 기사들이 세운 영지이고 앞으론 기사의 나라가 될 테니까. 그 첫 번째 기사로서 레온 지크라고 하면 위상이 살 만하잖아."

"알겠습니다. 지금 즉시 출발하면 되겠습니까?"

레온은 별달리 고민하지 않고 대답했다.

이것저것 고려하지 않아도 될 만큼 자유로운 상태가 된 덕이다.

카일은 란돌과 친위단이 레온이 이룬 자유로움을 따라가려거든 웬만한 노력으론 불가능하겠구나 싶었다.

✦

"단장님, 지금 레온 경이 영도를 나갔습니다. 파악한 바로는 지크령으로 복귀한다고 한 듯한데, 정확한 이유까진 알 수 없었습니다. 영주님의 호출을 받은 이후 일어난 일이니 영주님의 명령을 수행하는 듯합니다."

"그래, 알았다. 가 봐."

란돌은 두 눈을 지그시 감은 채 단원을 내보냈다.

그 곁으로 다른 친위단장들도 함께 있다.

그들 모두 란돌의 호출로 모인 것이긴 했지만 다들 비슷한 심정을 느끼고 있었다.

이대로는 이번에도 지크 가문을 뛰어넘을 수 없다는 것.

아버지 세대가 그러했듯 자신들의 세대에서도 그렇게 될 것이고, 자신들의 후대에게도 그런 상황을 물려주게 될 것이란 것.

그것이 그들을 고뇌하게 만들었다.

"란돌, 우린 올바른 길을 찾아야 한다."

먼저 침묵을 깬 것은 아두인이었다.

"영지 안보와 관련 없는 일에 정보단을 활용하는 건 올바르지 못하다."

"오해할 소리 하지 마라. 누가 들으면 감청이라도 한 줄 알겠군. 눈으로 보이는 정보만 모은 거다."

"네 기준이 어떻든 그건 상관이 없다. 영주님께서 어찌 보실지가 문제지. 영주님께도 그렇게 말할 수 있냐?"

란돌의 표정이 와락 일그러졌다. 아두인의 지적에 반론할 말이 없었기 때문이다.

아두인은 한 호흡 말을 쉬고 다시 입을 열었다.

"아버지께서 말씀하시길, 영주님께서 모든 것에 능하시나 그중 가장 능하신 건 정치라고 하셨다. 처음에는 그걸 이해하지 못했다. 아무리 정치가 능하다고 한들 마스터에 이른 검술 실력보다 능하실까 했거든. 그런데 이제 보니 그 말씀이 어떤 것을 두고 한 말씀인지 이해가 되더라."

"서론이 길어. 무슨 말을 하고 싶은 거냐?"

"영주님은 지금 우리를 무대 위에 올리신 거다. 우리 모두가 한 팀이고 레온이 반대 팀이지. 우리와 레온. 이 두 조직이 균형을 맞게끔 계속해서 조율하시는 중이란 거다."

"레온은 영주님에 대한 존경과 충성이 없다. 그런 녀석을 영주님께서 아끼실 것 같으냐? 우리의 충성심을 그리 얕게 생각하실 것 같으냔 말이야!"

란돌이 감정을 주체 못 하고 책상을 내리쳤다.

아두인이 팔린을 보았다.

"란돌, 영주님께선 우리의 충성심을 원하시는 게 아니라, 우리의 충성심이 영지를 위해 필요하다고 여기시는 거다. 이걸 망각하는 순간 우린 크게 위태로워질 거다. 아두인도 지금 그걸 지적한 것이고."

"이것들이 쌍으로-! 지금 이 자리가 날 단속하려고 모인 자리냐? 대응책을 강구하려고 모인 자리야!"

"그 바탕을 먼저 제대로 잡자는 거다. 우리가 레온을 백날 의식하고 견제한다고 해 봐야 그 과정에서 영주님의 눈 밖에 나면 모든 게 끝이다."

"반대로 레온이 어떻든 영주님께서 우리를 끌어 주시면 전혀 문제 될 게 없다는 거고. 이 절대 규율을 망각하지 말자는 거다."

아두인과 팔린이 함께 말을 더했다.

전능하신 영주님

란돌은 이를 갈았지만 성질대로 화를 내진 않았다.

저 둘의 말이 옳다는 걸 알기 때문이다.

그 정도 정신 수양도 되어 있지 않다면 다른 이들이 그가 친위단장이 되도록 두지 않았을 것이다.

"그럼 이대로 레온 혼자 독주하는 것을 그냥 보자는 거야?"

"독주라고 받아들이지 마라. 레온의 성장이 우리에겐 불편할 수 있을지 몰라도 영지적으로 이득이 되는 거다. 영주님도 그것을 바라시기에 레온의 손을 거들어 주시는 것이고. 반대로 우리도 마찬가지잖아."

"영주님께서 친위단을 왜 레온이 아닌 우리에게 줬겠어. 그리고 우리를 영도에 두고 레온을 밖으로 돌리는 이유가 뭐겠냐고. 레온이 산에서 내려온 지 얼마나 됐다고 또 외유를 보낸 이유를 생각해 봐."

"그게 우리 손을 들어 주는 것이란 뜻이냐?"

"그렇다니까. 영주님께서 다 계산하시고 염두에 두셔서 힘의 균형을 맞추고 계신 거다. 지금 레온이 너무 앞서갔다 싶으니 신년식이 끝나지도 않았는데 레온을 내보내신 것 아니겠냐. 나는 그렇게 생각한다. 그러니 조급해하지 말라고."

아두인과 팔린은 지치지 않고 란돌을 타일렀다.

란돌의 이런 점이 조금 피곤하긴 했지만, 그럼에도 란돌을 친위단장으로 추대한 것은 란돌이 가진 추진력과 열정만큼은 그 누구보다 발군이기 때문이다.

"그래서 어떻게 하자고? 아무 방법도 없이 일단 참으라고 하는 건 아닐 거 아냐."

"이번에 영주님께서 마나술 배포를 위한 기사들을 추려 놓으라고 하셨잖아."

"그게 왜?"

"이거 귀찮은 일이라고 생각해서 남은 인원을 보낼 게 아니라, 가장 촉망받는 최정예를 배정해야 된다고 생각한다."

"그게 지금 일과 연관이 있는 거냐?"

"이번에 영주님의 담당시종을 보고 느낀 거 없었어?"

"실피드 경 말하는거냐?"

"너도 알다시피 실피드 경은 작년까지만 해도 별 볼 일 없던 정원지기였어. 그런 그가 1년도 안 돼서 3서클이 되었다."

"지크 공께서 많이 이끌어 주셨다고 들었다. 실피드 경이 대단한 게 아니야."

"그래서 하는 말이다. 지크 공께서 뭐한다고 실피드 경을 데려다가 손수 가르치셨겠냐고. 영주님과 모종의 언약이 있었다는 게 더 말이 되는 일이다. 내 짐작인데, 아마 영주님께서 지크 공과 함께 마나술에 대한 연구를 진행했고 그 연구의 결실이 실피드 경이 아닌가 싶다."

란돌은 뭔가 머릿속으로 바람이 지나가는 느낌을 받았다.

등줄기가 쭈뼛 서는 기분이다.

"그럼 영주님께서 일반인을 3서클 마나 유저로 만드는 기술을 가지고 있다고 보는 거냐?"

"나는 그렇다고 본다. 별낙원을 공격했을 때 말이야. 영주님께선 그곳에서 낙원단의 마나 수련서를 습득하셨다. 그리고 전쟁 중에 너도 봤잖아. 벤자르의 친위대 놈들. 그 새끼들 평민들을 훈련시켜서 3서클, 4서클을 찍어 냈던 거다. 그놈들도 했는데, 영주님이 못 하실 것 같냐?"

"가능하겠지. 필히 가능하겠지. 그럼 영주님께선 벤자르와 같은 능력자 양성을 목표로 하신다는 거냐? 단순히 수신을 위한 목적이 아니라?"

"둘 다. 수신을 위해서 기본 양생만 하는 이들도 있겠지만 그중에 자질이 되는 이들은 두각을 낼 것이고, 그런 두각을 내는 이들은 전부 실피드 경처럼 발탁을 받아 성장하게 될 거다."

"어, 엄청나군……. 너는 이걸 어떻게 알게 된 거냐? 영주님께 듣기라도 한 거야? 아, 엔져가 말해 줬냐?"

"동생 자식 얼굴 못 본 지 열흘이 넘었다. 그런 거 아니고, 아버지께서 말씀해 주셨어. 영주님께서 이런 의중이 있으신 것 같으니 마나술의 민간 배포에 대해서 불만 가지지 말라면서."

"역시 휴슬레 경. 정무 판단의 깊이가 남다르시다. 아하, 이제 이해가 되는군. 나는 내심 영주님께서 루카시스 전역의 상권을 장악하겠다고 하실 때, 그 과정에서 분명 분란이 생겨날 건데 그걸 어떻게 다잡으실까 했거든. 그걸 위해서 신규 능력자를 양성하시는 것이구나."

"이제 좀 머리가 돌아가냐?"

"후우-. 머리가 돌아가다 뿐이냐. 정신이 번쩍 든다. 그럼 영주님께선 진짜로 루카시스 전체를 복속시키실 의중으로 봐야겠구나?"

"아무래도 그럴 거다. 우리가 먼저 정복을 명목으로 공격을 가할 수야 없는 일이니까. 하지만 저들이 우리의 상단을 먼저 공격한다면 이야기는 달라지지. 그게 누구라 하여도 말이야."

"소름 돋는군. 대체 영주님께선 어디까지 내다보고 계신 것이지?"

"그러니까, 지금부터 잘 생각해야 되는 거다. 영지민 교습 임무를 띤 기사들은 어찌 보면 신규 기사 영재를 발탁할 스승의 역할이나 다름없어. 출중한 인물을 보내서 재능 있는 후보들을 전부 긁어 와야 한다. 이런 상황에 레온이 영지 밖으로 나간 건 우리에게 천운이라고 할 만한 일이야."

"무슨 뜻인지 이해했다. 그런 것이라면 나도 적극적으로 협조할 수 있어. 아버지께 연락을 해서 총독관에 있는 노련한 선임기사를 좀 보내 달라고 해야겠다."

뒤바뀐 란돌의 태도에 아두인이 잘게 고개 끄덕였다.

"우리 친위단 내부에서는 서로 명단을 공유해서 각자 가문에 더 맞는 인재가 있을 경우 욕심내지 말고 인계해 주기로 하자. 그리고 당분간 우리도 머리 좀 맞대고 논검을 하는 거 어떠냐?"

란돌은 계속해서 의견을 냈다. 이런 모습이 다른 13세대가 란돌을 친위단장으로 추대한 이유다.

"무슨 논검?"

"영주님께서 훈련장에 우리를 위한 마나술서를 비치해 두신다고 했잖냐. 어차피 영주님께서 내려 주신 것인데, 그걸 가문 비서처럼 꽁꽁 싸매고 혼자 궁리할 필요가 있겠냔 말이야."

"함께 공부를 하자는 거지? 흐음─. 좋은 의견이긴 한데. 자칫 잘못하면 가문마다 가진 다양성이 사라지지 않겠어?"

바르테온 기사들의 기본 검술은 바르테온식 롱소드 검술을 중심으로 한다.

하지만 이름 있는 가문들은 자신들만의 검술이 따로 있고 한발 더 나아가는 경우 무기까지 변경하기도 한다.

펜타소드 가문들은 전부가 그렇다.

이는 타 영지로부터 롱소드 검술이 파훼되었다고 해도 각각의 가문이 가진 고유한 무기술로 대응을 하고자 하여 만들어진 전통이다.

"그 정도로 다양성이 사라질까. 해석만 같이하고 적용은 따로 하면 되는 것을. 아두인, 너는 어떻게 생각해? 베라디, 도미넌 너희도 가만히 있지 말고 뭐라도 의견을 내 봐."

"딱히 반대할 건 없지. 혼자보다야 여럿이 궁리하는 게 해석 또한 다양해질 테니까."

"도미넌 너는?"

"나도 찬성해. 그런데 당장 우리까지 순서가 안 올 수도 있어. 아버지께서 눈에 불을 켜고 계시거든."

"사일론 경께서?"

"내색은 안 하려고 하시는데, 눈빛이 바뀌셨더라고. 아두인은 알 텐데, 어제 가주님들 회담 가지셨잖아. 모르긴 몰라도 총독관에도 연락이 갔을걸."

"그럼 이거 우리끼리만 이야기할 것도 아니잖아. 각자들 아버지의 의중을 좀 여쭤봐. 그래서 할 거면 아예 다 같이 논검 자리를 만드는 게 나을 거다. 설마하니 아버지들께서 우리만 따로 보자 하시겠냐?"

"야, 란돌, 너는 모즈 경께서 총독부에 계시니까 논외라고 쉽게 말하는데, 그게 쉽냐? 아버지한테 가르침을 내려 달라는 게 아니라 논검을 하자는 게? 벌써 맞먹으려고 드냐 말이나 안 들으면 다행이지."

"대의적으로 봐야지. 대의적으로. 지금 영주님께서 루카시스 전역을 도모하시고자 하는 큰 뜻을 품고 계시는데, 그런 자잘한 것들이 무슨 상관이야. 안 그래? 나도 아버지께

연락해서 의견을 받도록 할 테니까. 너희들도 좀 힘써 보자 이거야. 솔직히 말이 바른말이지, 이러다가 에드가 경까지 마스터가 되면 상황이 어떻게 되겠냐? 3대가 마스터 가문이라니!"

란돌은 진저리가 난다는 듯이 고개를 털었다.

이 자리에 있는 모두들 그런 상황은 마주하고 싶지 않았다.

사실, 아버지들이 지크 공에게 공손한 것이야 배분이 다르니 백번 이해하고 넘어갈 일이었지만, 레온의 아버지인 에드가에게까지 한 수 접으며 들어가는 모습을 볼 때면 속이 씁쓸한 것은 어쩔 수가 없었었다.

"여기서 더 격차가 벌어지면 어쩌면 영원히 따라잡지 못할 수도 있다. 3대가 마스터가 된다 치면 그 자식은 마스터가 안 되겠냐? 적어도 우리 애들은 레온의 자식보다 일찍 올라서게 해 줘야 될 거 아냐. 다들 머리 좀 써 봐. 아버지들도 눈빛이 달라졌다며. 지금이 기회라니까."

이 부분은 다들 란돌과 비슷한 생각이다.

모두들 자신들의 아버지를 어떻게 설득할까 궁리했다.

그러다 아두인이 먼저 입을 열었다.

"마법사들 사이에서는 학회라는 개념이 있거든. 서로의 연구물을 공유하는 조직이지. 그리고 그 연구물을 기반으로 또 새로운 연구로 확장해 가며 마법을 발전시키는 목적이다."

"그래? 나는 왜 처음 듣지?"

"바르테온엔 마법 가문이 우리 하나뿐이잖아. 학회니 어
쩌니 할 게 없지. 그런데 다른 영지, 특히 아슬란의 경우 이
학회 문화가 아주 활발해. 이걸 차용해서 검술학회를 한번
만들어 보면 어떻겠어? 영주님께 정식으로 건의드리는
거지."

"오-! 아두인, 그거 좋은 생각이다. 그런데 영주님을 어
떻게 설득시키지? 영주님께서 그 학회라는 개념을 좋아하
실까?"

"이번 기본 마나술 배포 건까지 엮어서 하면 어때? 영지
민들에게 좀 더 조직적으로 마나술을 배포하기 위해서 총괄
되는 조직이 필요하다면서 말이야. 그러면 들어주실 것 같
은데."

"좋다. 좋아! 더, 더. 의견 더 있어? 한번 할 때 완벽히 준
비해서 가자. 영주님의 기조와 맞는 쪽으로 말이야."

란돌이 손뼉을 치며 열정적으로 의견을 모았다.

이렇게, 바르테온에 없던 학회라는 문화가 태동하고 있
었다.

2장

일과가 끝났다.

야간 훈련 시간이다. 축제 기간이라 훈련을 강권하는 것이 아니었음에도 훈련장에 기사들이 가득 모여 있었다.

카일이 훈련장에 비치하겠다고 한 마나술서를 보기 위함이다.

특별히 만들어진 철제 책장과 함께 마나술서가 비치되었다.

"마나술서는 이 연단에서 나갈 수 없다. 필사나 사본을 만들어선 안 된다. 1인당 하루 15분의 열람 기회가 공평하게 주어질 것이다. 열람자는 열람대장에 이름과 시간을 기입하고 열람해야 한다."

카일은 일부러 열람의 편의를 제한하는 규칙을 만들었다.

실상 15분이면 내용이나 훑어볼 시간이지 고민이나 분석을 할 수 있는 시간이 아니다.

더욱이 그 내용에 있어서도 다소간의 해석이 필요하도록 작성했고 여러 가지 경우의수에 대한 나열을 많이 해 두었다.

일찍이 알맹이만 쏙 빼서 전파했던 바르테온 3신기와는 정반대되는 불친절한 모습이었다.

전부 의도적으로 그리한 것이다.

'이렇게 해 두면 좀 서로들 머리를 맞대고 궁리를 하려고 하겠지.'

카일도 바르테온 검술의 폐쇄성을 알고 있다.

비단 검술만 그런 게 아니다. 어떠한 기술에 대한 전수는 대부분이 도제식이다.

그래서 전수가 느리고 전파는 사실상 불가능한 수준에 가깝다.

이것을 어떠한 명령을 통해 강제적으로 바꾸라고 하는 것은 아주 민감한 문제였다.

개인이 가지고 있는 기술들이 그들의 밥벌이를 지나 권력과 생존의 기술들이었기 때문이다.

그 누구든 자신의 밥그릇이 걸린 일에는 쌍심지를 켜고 달려들기 마련이잖나.

개인으로 본다면 그런 성질을 이해 못 할 바는 아니었다만, 영지적인 차원에서 본다면 분명 발전을 저해하는 요소임은 틀림이 없었다.

그것을 알기에 학교와 같은 교육 시설을 확충하려 했던 것이지만 또한 그렇기에 시기를 가늠하고 있었던 것인데, 이제 때가 무르익었다고 여긴다.

자신이 먼저 많은 비전 기술들을 나누었다.

그 분야가 단지 검술만이 아니다.

지금 바르테온을 주도하는 기술 중에 카일이 관여하지 않은 분야가 없다.

주요 인력들에게 어떠한 부채 의식을 남겨 준 것이며 그로 인해 그들이 가진 기술에 대한 주권 의식도 어느 정도 희석되었다.

어차피 내가 준 것이니, 너희들도 좀 나눠 줘라. 너희도 쉽게 배웠으니 좀 쉽게 전수해 줄 수도 있는 거 아니냐.

이런 식의 명령을 할 만한 명분을 쌓은 것이다.

"이런 조치는 특정인이 기술서를 독점하는 것을 방지하기 위함이다. 하나 열람을 위한 시간이 턱없이 부족하다는 것은 인정하는바. 열람 권한이 있는 자들의 한해서 기술서에 대한 논의를 하는 것은 얼마든지 허락하겠다."

우선 여기서부터다.

서로들 기술에 대해 논의하는 분위기 자체에 익숙하게 만드는 것부터 말이다.

"그럼 원하는 이부터 자유로히 나와 열람하라."

카일의 말이 떨어지기 무섭게 사일론과 휴슬레가 제일먼저 앞으로 튀어나왔다.

"영주님, 먼저 열람하겠습니다."

"좋소. 장부에 이름을 기입하고 모래시계를 뒤집은 후부터 보시오. 모래가 다 떨어지면 종소리가 날 것이오."

"예, 영주님."

카일은 일부러 멀찍이 자리를 피해 줬다.

사일론이 먼저 규칙에 맞춰 마나술서를 펼쳐 봤다.

마음 같아서야 한번에 전부를 휘리릭 훑어보고 싶었지만 정해진 시간이 워낙 짧으니 그럴 수가 없었다.

오늘 못 본 부분은 내일 다시 보면 된다지만, 어디 그게 마음처럼 되는 일인가.

그래서 사일온은 첫 페이지부터 온 정신을 집중해서 통으로 암기를 했다.

뎅-.

종소리가 났다.

시간이 벌써 다 된 것이다. 사일론은 마지막 두 문단을 마저 더 보고 싶었지만 자신의 등 뒤로 꽂히는 수많은 시선에 책을 덮을 수밖에 없었다.

"4페이지 3째 문단까지 외웠소."

"4페이지? 왜 그것밖에 못 외웠소?"

"하나의 흐름에도 예시가 굉장히 많소. 그런데 전부 주요한 것들이라 흘려 볼 수 있는 게 아니었소. 예시마다 그림도 같이 들어가 있어서 같이 외우는 데 신경이 많이 들어가오."

"알겠소. 주의해서 볼 점이 있소?"

"시행을 해 보려거든 한 챕터가 전부 있어야 될 것 같소. 첫 챕터는 15페이지까지요."

"알겠소. 활자 자체만 외운다 치면 할 수 있는 분량이오. 맡겨 두시오."

다음 바통을 받은 휴슬레가 자못 비장하게 고개를 끄덕이곤 모래시계를 뒤집었다.

책을 펼친 휴슬레는 호기롭게 한 페이지를 넘겼다. 거기서 우뚝 멈춰 버린 채 종소리를 들어야 했다.

데잉-.

"아-! 벌써 시간이……."

휴슬레는 민망함에 뒤를 돌아봤다.

수십 개의 눈이 자신을 빤히 쳐다보고 있었다.

휴슬레는 어쩔 수 없이 책을 내려 두고 연단을 내려왔다.

"어찌 된 것이오? 왜 페이지를 넘어가질 못했소?"

"면목이 없소. 6페이지를 보는데 갑자기 오랫동안 풀리지 않은 깨달음의 단초가 보인 듯해서……."

"그건 암기를 한 다음에 내려와서 다시 복기해도 되는

걸……."

"미안하오. 그게 말처럼 쉽지 않은 걸 알지 않소."

"허허. 내일 다시 볼 수 있다고 해도 정무 시간에나 될 텐데─."

"라모스 경, 난 6페이지까지 봤소. 그다음을 부탁하겠소."

휴슬레 다음으로는 라모스가 연단으로 올라갔다.

그런데 라모스는 3페이지에서 멈춰서 앞으로 나가질 못했다.

그도 지금까지 계속 자신이 걸렸던 부분을 뚫어 주는 단초에 매여 지나치질 못한 것이었다.

"도미넌, 너 이리 와 봐라."

사일론이 친위단 무리에 있던 자신의 아들을 불렀다.

"부르셨습니까."

"너, 7페이지부터 외워서 내려와라. 많이 바라지 않는다. 딱 2페이지만 정확하게 암기해서 내려와."

"예?"

"영주님의 마나술서 말이다. 너도 열람할 거 아니냐."

"저, 그게……."

"왜? 뭐가 문제냐?"

"아버지, 말씀드리기 죄송합니다만, 저희도 저희 순서가 정해져 있습니다."

"뭐라고? 그래서 이 아비의 명을 거역하겠다는 거냐?"

"물론 아버지의 명이 무겁기는 하나 저도 기사로서 동료들과의 신의란 게 있습니다. 먼저 약속된 것을 이리 쉽게 뒤집을 순 없습니다."

"머리에 피도 안 마른 게 영주님 덕에 자리 하나 차지했다고 벌써부터 맞먹으려 드는 거냐?"

"사일론 경, 영주님 보고 계시오. 그러지 말고 다 부릅시다. 거기 친위단들, 이리 좀 와 보시게들."

휴슬레가 내친김에 친위단장들을 불렀다.

그러곤 한 페이지씩 할당을 주어 암기를 하라고 일렀다.

"그렇게 하겠습니다. 대신 가주님께서 암기하신 부분을 저희에게도 공유해 주실 수 있겠습니까?"

"영주님께서 내려 주신 것인데 그 정도도 안 할 줄 알았느냐?"

"송구합니다. 그러면 말씀대로 따르겠습니다."

란돌 들이 지시받은 순서대로 마나술서를 암기하여 내용을 서로 공유했다.

처음에는 암기한 것을 전달하는 식이었지만 그것은 어느새 듣는 이와 말하는 이들 간에 해석을 주고받으며 열띤 토론이 되어 갔다.

그 탓에 다른 정무관들은 다소 소외받는 분위기가 연출되었지만 저 정도만 해도 괜찮다 여겼다.

다른 집안 자식이랑 마나술에 대해 심도 있는 토론을 한다는 것부터가 생소한 일이기 때문이다.

'이렇게 하나씩 허물어 가면 되는 거다. 이번에 교습소를 잘 운영해서 올 하반기쯤엔 그걸 학교로 확장시키는 쪽으로 가닥을 잡아 보자고. 지금부터 준비하면 큰 반감 없이 충분히 가능할 거다.'

앞으로 영지의 영역을 확장시켜 국가의 단위로 들어가려거든 수많은 인재가 필요하다.

중앙집권으로 체계를 공고히 하려거든 지방관을 파견해야 되는데, 그 지방관들이 여간해서야 지방 호족들인 영주들을 이겨 내기 쉽지 않다.

그들보다 뛰어나야 한다.

그만큼 뛰어난 인재들이 툭툭 튀어나오기를 기다리고 있을 순 없다.

그거야말로 과수나무 아래에서 입을 벌리고 있는 일이다.

좋은 인재를 선발하여 교육을 통해 성장시켜야 한다.

내년쯤이면 본격적으로 교역소가 퍼지기 시작할 테니, 올해부터 시작해서 인재를 양성해 놔야 시기가 맞는다.

'이해가 빠른 인원을 추려서 계산만이라도 가르치면 교역소의 행정관으로 보낼 만할 테니까.'

카일이 마나술 배포 건을 교육과 인재 육성, 교역소까지 엮어서 정리했다.

그러던 중에 란돌과 아두인이 다가왔다.

"영주님, 잠시 면담의 시간을 허락해 주시길 청합니다."

"그래. 무슨 일이지?"

"저희 친위단에서 이번 영주님께서 내려 주신 큰 아량과 은혜에 더욱 부흥하고자 한 가지 생각을 해 보았습니다. 그 것에 대해 영주님의 허락을 득하고 싶어 의견을 여쭙니다."

란돌과 아두인은 사전에 미리 정리를 끝낸 검술학회에 대 해 조심스럽게 설명했다.

'검술학회라니. 이렇게 적극적으로 나와 준다고? 이러면 말이 다르지!'

카일은 속으로 쾌재를 부르며 표정을 유지하는 데 집중 했다.

이렇게 먼저 조심스러운 자세로 나오는데 화색으로 반겨 주면 효과를 더 볼 수 있는 것도 맥이 떨어진다.

이럴 때는 마지못해 허락해 주는 척하면서 명분을 가져오 는 게 이득이다.

"학회……. 나 또한 나의 기사들이 함께 검술을 논하여 발전을 도모한다면 아주 좋은 일이지. 반대할 게 없어. 하지 만 한 가지 걸리는 게 있긴 하군."

"그것이 무엇입니까?"

"나는 귀족들을 아끼는 마음과 같이 뭇 백성들도 아끼는 마음으로 모두에게 마나술을 배포했다. 그런데 귀족들은 이 렇게 함께 머리를 모아 그 득을 더욱 크게 본다지만, 영지민들은 그것이 어렵겠지. 영주로서 그 부분이 아쉽군."

"아−. 아아−! 안 그래도 그 부분에 대해서도 말씀드리려 한 바가 있습니다. 아두인, 어서."

란돌이 화색을 하며 아두인에게 신호를 줬다.

아두인이 급히 말을 받았다.

"영주님께서 교습기사들을 각출하라 지시하셨습니다. 저희들 생각에, 그 교습기사들 또한 검술학회에 포함시켜 영지민들을 교습하는 방법을 서로 논하게 한다면 영주님의 정책에 도움이 되리라 생각합니다."

"거기까지 생각이 닿았단 말이야?"

"저희들 모두 영주님께서 뜻하시는 영지의 번영에 맞추어 고심하고 또 고심하였습니다. 항상 영지의 번영을 제1순위로 두고 성심을 다하겠습니다."

"그렇다고 한다면 그 안에 들어 있는 사사로운 욕심 정도는 눈감아 줘야겠지."

"사사로운 욕심이라니요……."

그냥 지나가는 말로 툭 던져 본 것인데 아두인의 목소리가 잘게 떨렸다.

그 마음에 걸리는 게 있다는 뜻이다.

카일은 그것이 무엇인지 물어보지 않아도 바로 알 수 있었다.

본래 반목하던 이들이 힘을 합치는 것은 공동의 목표가 나타났을 때이다.

이들에게, 아니 이들 펜타소드 가문에게 공동의 목표는 바로 레온이다.

"그럼 지크 가문은 어찌할까?"

"예?"

"바르테온의 검술학회가 생기는데 지크 가문이 빠진다는 게 말이 안 되지 않나."

카일의 말에 둘의 얼굴이 모두 흙빛이 되었다.

그 표정 변화가 너무고 극적이라 카일은 파하하하 웃고 말았다.

"하하하하. 내가 짓궂은 소리를 했어. 경들이 나의 뜻을 항시 첫 번째로 한다 하니, 나 또한 그에 대한 소소한 선물 정도는 줘야겠지. 향후 지크 가문은 스스로 서는 위명에 맞도록 단독 학회를 가지도록 명령하지. 어떤가?"

"그, 그렇게 해 주신다면야……."

"저희가 감히 왈가왈부할 것이 아닌 듯합니다. 마땅히 따르겠습니다."

둘은 푹 고개를 숙였다.

"그럼 가서 논의토록 해. 학회에 대한 것은 아주 긍정적이고 적극적으로 검토하도록 하지."

카일은 방금 전까지 정리하고 있던 마나술 배포 이글루 박스에 줄을 그었다.

'학교를 만들려고 했더니 학회를 들고 오다니. 이리 적극적으로 나서 주는데 나도 같이 불을 지펴야 죽이 맞지.'

카일은 일사천리로 학회에 대한 것을 정리했다.

"시론."

"예, 영주님."

"가서 사사레 경을 불러오라. 폐회식 식순을 좀 수정해야겠다."

분위기는 자신이 생각했던 것보다 훨씬 불타는 중이었다.

이런 분위기에서 시간을 두어 천천히 갈 게 없다.

카일은 아주 가열찬 풀무질을 할 참이었다.

❋

"예, 그럼 식순은 그렇게 조절하도록 하겠습니다. 최대한 많은 인원이 들어야 하니 소집령 또한 내려 두겠습니다."

"축제이니 강제 명령으로 내리지 마시오."

"예. 정보단에 협조를 구해 인식하지 못하는 수준에서 소집을 유도하겠습니다."

카일은 사사레를 물리고 다시 정신을 집중했다.

이런 흐름을 단발성으로 끝낼 순 없다.

바르테온에서 검술이 가지는 가치와 위상은 다른 그 어떤 분야도 따르지 못한다.

검술마저도 이렇게 영지를 위해서 서로의 지식을 나눈다는 말 한마디로 다른 모든 분야까지 집어삼킬 수 있다.

그야말로 최고의 명분인 셈이다.

카일이 당초 계획했던 학교는 가장 밑에서부터 한 단계씩 올라가는 방법이었다.

그런데 검술학회는 최상단에서 시작하는 것이나 다름없다.

꼭대기 층이 넘치면 아래층은 자연스럽게 물이 차는 법이다.

'검술학회가 먼저 시작하면 다른 모든 분야 또한 학회로 묶어서 기술 공유가 가능하게 할 수 있다. 충분한 보상을 주면 교수진 초빙하는 거야 일도 아니겠지. 그리고 이런 기술 공여가 또 다른 기회의 장이 될 것이고.'

카일의 머릿속에서 지금 시행 중인 과업들을 별무리처럼 뿌려 두고 학회라는 별자리로 연결시켰다.

금방 어떠한 하나의 큰 그림이 그려졌다.

이미 준비된 재료가 많으니 막히는 과정이 없다.

카일이 그렇게 이글루 박스를 정리할 때, 확장된 의식에 어떠한 떨림이 감지되었다.

카일은 반사적으로 고개를 틀었다.

바르테온산맥의 마나 대맥이 풍랑 만난 파도처럼 너울대고 있었다.

구그그그그ー.

"어? 방금 진동이."

"지진인가? 설마⋯⋯."

구르르르룽!

또 한 번 지축이 흔들렸다.

"지진이다! 지진이야!"

"모든 친위단은 긴급 대응 체계로! 영지민들의 안전을 확보하라! 특무단과 의사원에 연락하고 모든 정보단을 통해 지진 상황을 전파하라!"

란돌은 빠르게 명령을 전파했다.

카일을 의식하지 않은 반사적인 행동이었다.

란돌은 그렇게 명령을 내리고 나서야 아차 싶어 카일을 쳐다봤다.

카일은 잘게 고개를 끄덕여 준 후 몸을 날렸다.

이 지진의 근원이 어디인지 알고 있다.

카일은 관저의 지하 통로 안으로 빠르게 낙하했다.

후각이 마비될 정도의 진한 풀 내음이 진동했다.

카일은 그것이 엘프의 피 냄새임을 본능적으로 직감했다.

"신관!"

통로의 끝엔 나무 넝쿨에 휘감긴 울드가 초록의 피를 토해 내며 서 있었다.

"죄송합니다. 목소리를⋯⋯."

"죄송하다마다!"

쿠웅—!

카일은 초인지를 뻗어 냄과 동시에 크게 발을 굴렀다.

공파의 묘리가 가득 담긴 마나 파동이 울드를 움켜쥐고 있는 마나 대맥과 충돌했다.

구르르릉—!

또 한 번 지축이 울렸다.

두 개의 힘이 충돌하니 더 큰 진동이 사방으로 뻗어 나갔다.

아직 건물이 무너질 정도는 아니긴 하지만 여기서 막아야 한다.

"우선 힘으로 끊어 내겠소!"

카일은 메테오를 뽑았다. 울드의 다리에서 뻗어 나온 넝쿨이 지면 깊이 얽히고설켜 있다.

울드의 몸에서 자라난 넝쿨이 오히려 울드를 잡아 놓고 있는 셈이었다.

카일은 울드의 발치에 검을 깊이 박아 넣었다.

"안 됩니다!"

"안 되긴! 이러다 당신 죽어!"

그러곤 마나 소용돌이를 일으켜 그 발밑을 완전히 갈아엎었다.

"끄으으윽—!"

울드는 고통에 이를 악물었다. 안 그래도 하얀 얼굴이 시체처럼 회색빛이 되었고 눈동자의 실핏줄이 전부 터져 나가 초록 눈물이 줄줄 쏟아졌다.

그 눈물이 떨어진 자리에 새싹이 돋아나는 것은 지금 당장 신경 쓸 바는 아니었다.

"목소리가–! 목소리를–!"

울드는 고통에 몸부림치면서도 카일의 어깨를 움켜쥐었다.

카일도 바로 보았다.

마나 대맥이 대가리 잡힌 뱀처럼 요동치고 있었다.

카일은 다시 한번 발을 구르며 마나를 터트렸고 검을 더욱 깊이 박아 넣어 또 한 번 공파의 파동을 밀어붙였다.

구르르르릉–.

방금 전보다 더욱 심하게 대지가 흔들렸다. 천장에서 우르르 돌덩이가 떨어져 내렸다.

울드는 초록의 피를 계속 쏟아 내고 있었다. 진한 풀 내음에 현기증이 올라올 정도다.

우선 울드를 밖으로 보내야 했다.

카일이 친위단에 배틀메시지를 보내려는 순간.

"이게 무슨 일이우!"

드워프 하나가 고개를 내밀었다. 가름이었다.

"가름 반장! 여기, 일단 좀 옮겨야겠소!"

"귀쟁이? 귀쟁이가 사달을 냈구먼! 하여간 지들 멋대로 라지!"

가름은 얼른 올드를 받쳐 들었다.

"우읍!"

가름은 풀 내음에 헛구역질을 하더니 욱 하고 숨을 멈췄다.

"드라칸은?"

"위에 있소. 위에서 지진재우기를 준비하는 중이오."

"알겠소. 그는 요람으로 옮겨 주시오."

"인간 드라칸, 당신은? 안 나갈 거요?"

"내가 머리를 잡고 있는 상황이라서……."

카일은 검을 쥔 채로 씨익 웃었다.

"그러다 죽소."

"드라칸더러 나 안 죽게 힘 좀 써 달라 하시오."

"우읍. 속이 뒤집어져서 더 말 못 하겠소. 난 일단 올라가오."

가름이 올드를 들쳐 매고 통로를 거슬러 나갔다.

그사이 한번 밀려났던 파동이 되돌아 쏟아지고 있었다.

카일이 다시금 공파를 뻗어 내려 할 때, 지상에서부터 둔중한 파장이 잔잔히 울려 퍼졌다.

둥, 둥- 둥둥, 둥!

일정한 박자를 가진 울림은 드워프들이 만드는 지진재우

기였다.

잔물결 같은 파동에 파동이 더해져 생겨난 큰 울림은, 닥쳐오는 산의 떨림에 제 몸을 녹였다.

이러면 힘이 된다.

카일은 초인지 상태에서 자연체의 형태로 넘어갔다.

연결된 마나 대맥에 자신의 기운과 의식을 녹여 넣었다.

그 순간 울드가 무엇을 했는지, 그리고 지금 이 사달이 왜 일어났는지 이해하게 되었다.

울드는 바르테온산맥의 마나 대맥을 순환 고리화시키려고 했다.

마나돔을 만들려고 한 것이다.

그대로 말라 죽을 일족의 생사가 달려 있는 일이니 시험을 통해 확실한 가능성을 확인해 보고 싶었을 것이다.

제 딴에는 가능한 것인지 시험 정도 해 보자고 했겠지.

그런데 그것이 주체할 수 없는 힘을 불러왔다.

바로 루카시스 대맥이었다.

루카시스 대맥과 연결된 통로가 전과 달리 크게 확장되어 있었다.

루카시스 대맥의 기운이 바르테온 대맥으로 쏟아지고 있는 것이다.

울드는 그 힘의 역류에 당한것이고 말이다.

'언제는 안 이랬던가. 항상 있던 일이다.'

카일은 조급해하지 않았다.

같이 싸워 주고 있는 군다를 믿는다.

출중한 판단력과 지휘력을 보인 란돌의 대응을 믿는다.

지금까지 열심히 수련한 의사들과 특무대를 믿는다.

그리고 바르테온의 출중한 정무관들을 믿는다.

그러니 걱정할 게 없다.

처음 온천수를 뽑아 올릴 때도 이랬고 숄 연합의 공격을 받을 때도 이랬다.

카일은 자신에게 위기를 기회로 바꾸는 힘이 있음을 의심하지 않았다.

'이미 한번 동화되었었다. 너무 밀어내지 마라. 너에게 해가 될 일을 하지 않는다.'

카일은 계속해서 바르테온 대맥에 자신의 의식을 투영했다.

쏟아지는 힘을 풀어 줘야 한다.

그러기 위해선 가지를 뻗어 내어 힘이 새어 나가게 하는 게 제일 좋다.

'나는 너의 기운으로부터 태어났다. 내가 바르테온이다. 수백 년간 너의 기운을 받아 자란 일족의 후손이다.'

바르테온을 세운 시조는 이 기운을 보고 이 자리에 터를 잡았다.

후손들이 이 기운을 받아 정진하도록 비동을 만들었고 그

위에 기거하도록 집을 지었다.

그러니 카일의 말은 틀린 말이 아니다.

그리고 그저 하는 말도 아니었다.

카일이 지금까지 몸에 쌓아 온 마나가 바르테온 대맥의 것이니, 그 성질과 가장 잘 맞는 것이 당연했다.

'이대로 루카시스의 힘을 계속 받으면 결국 버티지 못하고 허물어질 거다. 그러니 내가 그 전에 길을 내겠다. 너무 노여워 말아 다오.'

카일은 의식의 손을 뻗었다.

카일의 손에서 흘러나온 푸른 별무리가 마나 대맥 안의 작은 흐름들을 타고 곳곳으로 퍼져 나갔다.

'조금 아플지도 모르겠다. 한 번에 끝내자.'

카일은 찬찬히 호흡을 갈무리하고는 단번에 힘을 터트렸다.

폭풍우 속의 번개가 뻗어 나가는 것처럼 카일의 마나가 푸른 별무리를 타고 뻗어 나갔다.

그 마나 뇌전은 요동치는 마나 대맥을 안에서부터 찢어 놓았다.

갈가리 찢겨 나간 대맥의 상처 틈으로 마나가 새어 나갔다.

루카시스 대맥에서 쏟아진 기운들이 그 틈으로 빠져나가니 터질 듯이 팽창한 바르테온 대맥의 기운이 서서히 가라앉았다.

카일은 그제야 의식을 거둬들이고 눈을 떴다.

요동치던 바르테온 대맥이 잠잠해진다.

지상에서 울리던 발굴음 소리도 잦아드는 중이었다.

"후우—."

카일은 숨을 정리하며 검을 거두었다.

공동은 천장이 많이 무너져 내렸지만 통로는 허물어지지 않았다.

걸어 나갈 만하다.

카일은 통로를 걸었다. 바닥이 푹신하다.

들풀이 빽빽이 자라 있는 탓이었다.

울드의 핏자국이다.

그 들풀을 따라가니 울드의 요람 앞에 도착했다.

그 자리에 바닥에 주저앉아 머리를 부여 쥐고 있는 가름이 있었다.

"괜찮소?"

"우욱. 속이 다 뒤집어져서 이거……. 우읍."

가름은 손발을 떨며 제대로 몸을 일으키지 못했다.

카일은 가름의 기운을 정리하여 줬다.

"걸을 만할 것이오. 우선 자리라도 옮기시오. 수고하셨소."

그리 가름을 보내고 울드의 요람 안으로 들어갔다.

그의 몸은 자라난 가지들 탓에 천벌을 받은 듯 기괴했다.

울드는 그런 만신창이가 된 몸으로 기도를 올리고 있는 중이었다.

그가 어떤 마음으로 기도를 하는지는 잘 알겠다만, 지금은 그를 그냥 두고 있을 상태가 아니었다.

그의 몸에서 자라난 가지가 다시금 땅에 틀어박히고 있었기 때문이다.

"울드 최고 신관, 지금은 우선 몸을 먼저 살펴야겠소."

"요동치는 목소리를 잠재워야 합니다! 목소리를—! 목소리를……!"

울드는 녹색의 피눈물을 흘리며 말했다.

울드는 목소리를 듣지 못하는 상태였다.

"목소리라면 이미 잠잠해졌소."

"그럴 리가 없습니다. 지금도 이렇게 기운이 넘쳐 나고 있습니다. 내가 망쳤습니다! 감당하지 못하면 모든 것이 무너질 것입니다! 어서 목소리를—!"

"감당했소. 그대가 자연의 자식이듯, 우리 인간과 드워프도 사는 곳이 다를 뿐 같은 자연의 자식이오. 그렇기에 엘프가 불러들인 기운이라 하여도 인간과 드워프가 순환시킬 수 있는 것이오."

카일은 단호히 잘라 말했다. 지금은 우선 울드의 몸을 살펴야 할 상황이었다.

안 된다면 물리력이라도 동원할 참이다.

"당신의 본분이 신관이긴 하나 조사단으로서 이 자리에 있는 것이오. 나는 이 땅의 영주로서 엘프 조사단원이 이 자리에 문제가 생기는 것을 막아야 할 책임이 있소."

카일이 작정하고 기운을 뻗었다.

약해질 대로 약해진 울드가 감당할 수 있는 힘이 아니었다.

카일은 울드의 몸에서 뻗어 나온 가지를 물리적인 방법으로 제거하고 의술로서 치료하였다.

그리곤 그를 뉘여 두곤 요람을 잘 닫고 나왔다.

달이 한참 기울어져 있었다.

"폐회식은 물 건너갔구먼. 가지 많은 나무에 바람 잘 날 없다더니."

그래도 별 탈 없이 급한 불은 껐으니 되었다 싶다.

카일은 우선 관저로 나가기 위해 뒤뜰 숲을 나왔다.

그런데 뭔가 좀 이상했다.

계속해서 발치에 잔디가 밟혔다.

뒤뜰 숲이야 울드의 기운 때문에 풀이 많이 자랐다지만, 그 영역 밖까지 이렇게 잔디가 올라왔던가.

울드의 핏자국인가 싶었다만 그럴 만한 자리도 아니었다.

카일은 저택을 앞두고 뒤돌았다.

높게 솟은 바르테온산이 눈에 들어왔다.

한겨울, 초록의 산이었다.

"녹음이 내렸구나."

카일은 탄식했다.

바르테온산만 그런 게 아니었다. 산의 지세가 흐르는 대지에도 녹음이 내렸다.

관저의 정원에도 푸른 싹이 올라왔고 흙색 화분의 고마리 꽃도 초록 잎을 틔웠다.

"지진이라고 막 그러더니 엘프님이 뭔갈 했나 봐."

"그러게, 한겨울에 싹이 트다니. 이러다 내일은 꽃도 피는 게 아닐까?"

"엘프님이 축제 동안 얼굴을 한 번도 안 비추어서 무슨 일이 있나 했는데, 이런 선물을 주려고 그러셨나 봐."

시녀들이 재잘거리는 소리가 귀에 걸렸다.

모르는 이들에겐 엘프의 축복으로 보일 법한 모습이었다.

아주 관계가 없는 것도 아니었으니 그것을 정정할 것은 아니고 정정할 필요도 없다.

엘프가 바르테온에 축복을 내렸다는 소문이라면 일부러라도 퍼트리고 싶은 소문이다.

폐회식까지 깔끔하게 마무리 짓고 싶었는데 이런 득이 있으니 울드 탓을 할 건 없지 싶다.

'이것도 전화위복인 셈 쳐야겠군.'

새벽으로 넘어가는 시간이고 한바탕 난리가 났으니 맥이

확 끊겼겠거니 여겼다.

그런데 그게 아니었나 보다.

"영주님, 나오셨군요! 아직 다들 자리에 있는 중입니다."

저택 앞에서 기다리고 있던 사사레가 카일을 보더니 한걸음에 다가와 말했다.

"무엇을? 폐회식을?"

"예."

"시간이 이리 늦었는데, 안 들어가고 있단 말이오? 친위단에서 다들 대피시켰을 것인데."

"처음에는 모두 동바르테온으로 넘어가려 하다가 드워프들이 우르르 몰려나온 다음에는 진동이 잦아들어서 다시 광장에 모였습니다. 지금은 오히려 분위기가 더 좋아졌다고 합니다."

"화단에 꽃이 핀 것을 보았나 보군."

"예. 모두들 엘프가 마법을 부려 주었다고 들떠 있는 중입니다. 집에 들어간 이들도 다시 나오고 있다고 하는군요."

사사레는 정보단에게 전달받는 중앙광장의 현황을 연거푸 쏟아 냈다.

더 들을 것도 없다.

"그럼 갑시다. 할 건 해야지."

카일이 관저 정문으로 방향을 잡았다.

그사이 어디선가 몰려든 기사들이 그 뒤로 쭉 이어 붙

었다.

카일은 신년 선포식 때 모습 그대로인 단상으로 다시 한번 올랐다.

달빛 아래 목탑은 여전히 활활 타오르고 있었고 그 주변으로 인파들이 빽빽하게 군집해 있었다.

겨우 싹이 돋은 꽃가지를 꺾어 머리에 꽂은 여인들이 많은 것을 보니 축제 분위기는 아직 한창인 듯했다.

"내 아주 행복한 순간이다."

카일은 그렇게 첫마디를 떼었다.

"믿음으로 자리하는 영지민이 있고 걱정 없이 신뢰할 수 있는 정무관들이 있으니 영주로서 이보다 큰 행복은 없으리라."

분명 완벽한 행사는 아니었다.

레온이 늦었고, 식순은 변경되었고, 사고도 있었다.

하지만 그 모든 것을 다 더해도 아쉬운 것이 없었다.

모든 이들이 각자의 자리에서 최선을 다해 준 덕분이고, 이 땅의 사람들이 있는 그대로를 즐겨 줄 수 있는 이들이라 그렇다.

"그 마음 백배 천배 보답하고자 하니, 믿음과 신뢰를 기반으로 배움과 기술을 함께 나누는 자리로서 학원을 개설할 것이다. 나는 이 학원에 세상의 모든 지식과 기술을 모아 다시 모든 이에게 돌려줄 것이니, 이것으로 세상의 모든 사람을 이롭게 하겠다."

이왕 시작하는 것이다. 단순한 1차적인 교육기관으로 끝내고 싶지 않다.

이왕이면 더 큰 개념에서, 그리하여 세상의 지식을 모으고 토론하고, 그것으로 지식인을 매료하여 또 그것으로 번영을 이루는.

그러한 지식의 산실의 역할로서의 종합학원이라면 더할 나위 없이 좋다.

"지금 이렇게 신년식이 끝나고 돌아오는 수신일이 지나고 나면 많은 것이 변해 있을 것이다. 수많은 기회가 끊이지 않고 쏟아질 것이니, 모든 바르테안들은 부디 나와 함께해 주길 바라겠다."

카일은 묵직하면서도 단정한 어조로 폐회 연설을 마무리 짓고 단상 아래로 내려왔다.

카일의 연설에 잠시 정돈되었던 장내는 카일의 퇴장으로 다시금 활기가 솟구쳤다.

"수고하셨습니다, 영주님."

"경도 마지막까지 수고하였소. 수관이란 책무에 한 톨 부족함이 없었소."

"마땅히 해야 할 일을 했을 뿐입니다."

"앞으로도 마땅히 해야 할 일을 해 주시오."

"아……."

사사레는 얕게 탄식했다.

그는 내심 머지않아 자신의 자리가 없어지리라 생각했더랬다.

본래부터 입지 있는 행정관이었던 것도 아니고, 운 좋게 벼락출세하여 감당하지도 못하는 일을 임시로 맡고 있는 느낌이었기 때문이다.

이제 신년식이 끝나고 새로운 체계로 변모하고 나면 자신 또한 예전의 그 자리로 돌아가겠구나, 이번 신년식까지가 자신의 이름으로 진행하는 마지막 정무가 되겠구나, 싶었더랬다.

"왜 그러시오?"

"아닙니다. 앞으로도라고 하시어서……."

"그럼 앞으로도 이처럼 해 주어야지. 혹 버겁소?"

"일이 버겁다기보다는…… 제가 영주님의 수관이 되기에 많이 부족하다고 생각합니다."

"모든 기사가 행정을 볼 수는 없소. 그리고 행정관이 기사일 수도 없는 것이오. 그리고 경의 마음에도 일신의 보전보다는 영지의 번영이 더 크지 않소."

"제까짓 게 뭐라고 영지의 번영을 운운하겠습니까."

"그런 마음이면 이미 되었소. 그러니 영양가 없는 생각은 하지 마시오. 경의 능력은 이미 부족함이 없으니 지금과 같은 마음가짐이라면 앞으로도 매사 흡족할 것이오."

카일은 사사레의 굽은 어깨를 잡아 손수 펴 주곤 공식적인
축제 일정을 끝냈다.

＊

"여봐들! 뭐 하고 있어! 창고를 통째로 내오라 이 말이야!
이런 거 먹고 힘이나 쓰겠어? 고기를 가져와, 고기를!"

카일이 저택에 들어섰을 땐 한바탕 난리 통이었다.

저택 뒤로 드워프들의 걸걸한 목소리가 한가득이었고 모
든 시녀들이 나와 부산을 떠는 중이었다.

"오-. 인간 드라칸 오셨군. 건물 뒤로 가 보시오. 드라칸
님이 기다리고 있소."

카일은 드워프 반장의 말에 연무장으로 갔다.

군다와 드워프들이 술통과 음식 한 광주리씩 옆에 끼고 연
회를 즐기고 있었다.

이 새벽에 이게 무슨 난리 통이냐 할 건 아니었다.

"군다."

"왔냐. 쿵! 내가 술 한 잔 얻어먹을 값은 했지?"

"한 잔치고는 좀 큰 한 잔이다."

"좀생이같이 굴지 마라. 덕을 봤으면 밥은 먹여야지. 안
그러면 골 패인다."

카일은 군다가 함께 수고한 다른 드워프들을 위해서 일부

러 이렇게 난리를 펴 놨다는 걸 이해했다.

카일은 군다 앞에 앉았다. 옆에 붙어 있던 메이가 얼른 카일의 잔을 내놓았다.

"하여간, 인간 계집들은 참 부산이야. 어찌 한시를 가만두질 않고 옆에 딱 붙어 다닐까."

"계집이라 낮잡지 마라. 엄연히 이 집의 안살림을 책임지는 전문 인력이다."

"하여간 말 한마디를 그냥 듣고 지나가는 법이 없다."

군다는 사발로 술을 퍼 카일의 잔에 부었다.

잔이 넘치는 게 당연했다. 그러고 보니 다른 드워프들도 마시는 술보다 흘리는 술이 더 많았다.

"일부러 이러는 거냐? 잔 넘치게 하는 것."

"풀 냄새가 지독해서 말이지."

"이렇게 사방이 녹색인데 이 정도 술로 그 냄새가 지워지려고."

정말 사방이 풀이다. 그것도 방금 싹을 틔운 신선한 풀들이다.

겨울에는 맡을 수 없는 싱그러움이었지만, 군다는 그것을 심히 거북해했다.

"말로는 자연의 순응이니 어쩌니 하지만, 봐라 이게 자연에 순응하는 거냐. 한겨울에 봄 풀이 나는 게."

"그렇긴 하지."

"귀쟁이들은 이렇게 모순되고 말이 안 통하는 것들이다. 지들 말만 하는 것들이지. 인간인 네가 욕심 부리는 것이야 알겠지만 귀쟁이들은 가까이 지내서 좋을 거 없다. 반드시 탈 날 거다."

카일은 군다의 말을 잔소리로 듣지 않았다.

그의 어조에 녹아 있는 불안감만 보아도 진심으로 걱정해서 하는 말임을 알 수 있다.

"말이 안 통하는 것은 저들의 대화 방식대로 대화를 하면 된다고 본다. 그리고 탈이야 나 봐야 전쟁 아니겠냐."

"꽤행! 전쟁이 쉽게 입에 올릴 말이냐?"

"그러니 하는 말이다. 저들이 내 실력을 모르는 게 아닌데, 쉽게 전쟁을 입에 올리겠냐는 거다."

"너는 모른다. 귀쟁이들이 작정하고 염병을 떨기 시작하면 얼마나 골치 아픈지. 식물을 죄다 말라 죽게 만드는 것들이야. 제 놈들이 그렇게 아낀다고 하면서 정작 지들 궁지에 몰리면 아주 신경도 쓰지 않고 그러더라."

"그러면 네 손을 빌려야지."

"팽! 이젠 아주 제 손처럼 말하는구나."

"그게 억울하면 너도 내 손을 네 손처럼 써라."

카일은 가벼이 웃으며 군다의 술잔을 채워 줬다.

술을 넘치게 하진 않았다. 카일은 이 풀 내음을 지울 생각이 없다.

"하여간 간교하다."

"내 손에 달린 식구가 많다. 간교한 게 둔한 것보단 백번 낫다."

매번 하던 말장난 같은 대화로 술잔을 몇 번 돌리니 늦은 새벽이 되었다.

술통과 음식은 아직 끊이지 않았고 드워프들도 그만둘 생각이 없어 보였다.

카일은 그제야 이들이 보초를 서 주고 있음을 느꼈다.

지진이 다시 올까 싶어서 말이다.

지진이 오면 또 한탕 힘을 써야 하니 일부러 이렇게 많이 먹어 두는 것이기도 했다.

그러니 지금 이들이 먹는 식사는 아고르인 셈이었다.

그렇게 생각하니 언짢을 게 하나도 없다.

"군다, 여기 계속 있을 거냐?"

"들어갈 참이냐?"

"조금 있으면 동튼다. 들어가기도 애매하고 해서 일 좀 보려고. 같이 좀 가자."

"또 부려 먹을 참이냐?"

"아니, 이건 관계자에게 공조를 구하는 거다."

"하여간 말만 뻔지르르 잘한다."

군다는 툴툴거리면서도 자리에서 일어났다.

카일은 군다와 함께 동바르테온의 남쪽 공터로 넘어갔다.

피해 복구 공사가 한창일 때 폐자재를 쌓아 두고 바르콘 블럭을 만들던 자리로 사용했던 곳이었다.

그만큼 터가 넓은 자리다.

"여기다 학원을 지을 참이다. 종합학원이지."

"또 무슨 짓을 꾸미려고."

"지식과 기술을 논하는 학회들의 보금자리가 되는 것이다. 세상의 모든 지식을 여기에 모을 참이거든. 그래서 말인데, 너희 드워프도 여기 한자리 해 줘야겠다."

"건물을 지어 달라는 거냐?"

"건물이야 내가 지어도 되지. 그게 아니라, 이 학원에 드워프 학회도 하나 자리해 줘야겠다는 거다. 그래서 서로의 기술을 공유하는 거다."

"쿵! 웃기지도 않는 소리. 우리가 뭐가 아쉽다고 인간이랑 기술 교류를……."

군다가 말꼬리를 흐렸다. 자신을 보고 있는 카일이 쿡쿡 삐져나오는 웃음을 참고 있었기 때문이다.

"뭐가 웃기냐?"

"우리 기술 교류 이미 하고 있잖냐. 너 선박 기술 배운 게 엊그제인데."

"이런 양 대가리 같은 놈. 말장난으로 나를 놀린 거냐!"

군다가 쿵 발을 굴렀다.

"파하하. 그냥 그런 자리라는 거다. 드워프의 기술도, 인간의 기술도, 이곳에서 함께 어우러져서 서로에게 돌아가는 거다. 서로에게 득이 되면 득이 됐지 해가 되진 않을 거라고 본다. 지금 우리가 그렇잖냐."

"거 그냥 하고 있는 거 그대로 하면 되는 걸 괜히 말장난을 해서 나를 놀리는구나. 너는 그 말버릇 고쳐야 한다."

"좋다는 거다."

"패행! 좋기는 개뿔이 좋아."

"여튼, 네 자리는 제일 좋은 자리로 내주마. 아니면 네가 원하는 자리로 내줘도 되고. 빈 땅을 줄 테니 네 마음대로 지어도 된다."

"벌써 들어앉은 것처럼 굴지 마라."

그런 대화를 하는 중에 인기척이 느껴졌다.

올드였다.

"그 또한 순환이군요."

올드는 무언가 체념한 얼굴로 그리 말했다.

"음침한 귀쟁이 같으니. 시체 같은 낯빛을 해서는 뭘 또 엿듣고 있었어."

군다는 대번 핀잔부터 했다.

카일은 그런 군다를 뒤로 물리며 앞으로 나섰다.

"움직일 만한가 보오."

"예. 회복은 빠른 편입니다."

그의 말처럼 올드의 몸은 거의 다 회복되어 있었다. 하지만 그의 마나 운행은 심각하게 꼬여 있었다.

지금까진 단 한 곳 막히거나 걸리는 부분 없이 유려한 흐름을 보였던 마나가 갈 곳을 잃고 이리저리 뭉쳐 있는 꼴이었다.

그것은 그의 의식이 혼탁하기 때문이다.

"속이 답답한가 보오."

울드의 얼굴에서 씁쓸함이 가시지 않는다.

카일은 군다에게 시선을 보냈다. 군다는 코를 팽 풀고는 자리를 피해 줬다.

"사고에 대해서는 괘념치 마시오. 일은 잘 해결되었고 다친 사람도, 부서진 것도 없소. 드워프들이 힘써 줬으니 그들에게 감사 인사 정도 한마디 해 주면 될 것이오."

"하하. 자신이 받아야 할 인사마저도 다른 이들에게 돌리는 것입니까?"

"둘 다 내 손님이라 그런 것일 뿐이오."

울드는 고개를 절레절레 저었다.

"목소리가 들리지 않게 되었습니다. 제가 섣부르게 행동하여 모든 것을 어긋나게 만든 듯합니다. 사죄드리겠습니다."

카일은 울드가 말하는 목소리란 것이 마나의 흐름, 대맥을 찾는 행위라고 생각했다.

그런 관점에서 보면 지금 울드가 하는 말은 틀린 말이

된다.

바르테온산맥의 대맥은 지금 그대로 잠잠히 흐르고 있기 때문이다.

"바르테온의 마나 대맥이라면 문제가 없소만."

"그렇습니까?"

"그러하오."

"그렇군요……. 역시 그렇군요."

"무슨 문제라도 있소?"

카일이 물었다. 울드는 입술을 우물거렸다.

고고한 엘프의 정신으로 인간에게 속마음을 털어놓는 게 쉽지 않겠지.

이럴 때는 실력 행사가 필요하다.

카일은 마나홀의 힘을 응축하여 인력을 발산했다. 주변에서 흐르는 마나들이 카일에게 딸려 들어왔다.

당겨진 마나가 카일 주변에서 일정한 간격으로 회전하니, 그 모습은 있는 그대로의 마나돔이었다.

"나 또한 자연의 자식으로 마나의 목소리를 들을 수 있는 경지에 올라 있소. 그러니 그대의 말 또한 들을 수 있을 것이오."

카일이 진하게 응축시킨 마나로 울드를 감쌌다.

"문제가 있다면 말해 보시오. 나는 그대를 손님으로 초대했으니 도울 수 있는 게 있다면 돕겠소."

"지금 이와 같음이 문제입니다. 지금 이와 같음이……. 저는 목소리를 잃었는데, 당신께서는 목소리를 실천하고 있음이. 목소리 그 자체인 듯한 모습이."

울드는 자신을 뒤흔드는 혼란의 풍랑에 휩쓸려 가지 않으려 안간힘을 썼다.

"나의 태생이 사람인 것이 문제이오?"

"그것이 무슨 말입니까?"

"내가 목소리를 실천하는 모습이 당신을 혼란케 했다고 했소. 그것이 왜 문제요? 인간인 나는 그대들의 목소리를 행하면 안 되는 것이오? 행해서는 안 되는 존재이고 행할 수 없는 존재요?"

채근하는 어조는 아니었다. 그저 묻는 것이다. 스스로 생각해 보아 답을 내어 보라는 질문이다.

"그것은……."

"인간도 자연의 한 갈래요. 누구보다 자연의 목소리를 듣는 엘프들이 그 이치를 부정해선 안 될 것이오."

"그것을 부정하진 않습니다! 누구보다 저는 그것을 부정하지 않습니다."

울드는 가슴을 움켜쥐며 소리쳤다.

처음으로 느끼는 그의 격한 감정이었다.

지금까지 그 누구보다 자연의 순리에 따르며 기도했다고 생각했는데, 지금에 와서 이런 혼란을 느끼고 있는 것이 힘겨운 것일 테지.

길을 찾는 순례자에게 왜 그리 헤매고 있냐 탓할 것은 없는 일이다.

"그렇다면 그냥 들으면 되는 일이오. 아름다운 꽃에 질서가 있듯, 썩어 가는 낙엽에도 이치가 녹아 있는 것 아니겠소. 그러니 그저. 인간이 행하는 순환의 목소리가 있다면. 그것을 그냥 들으면 되는 것이라 생각하오."

"그저 들으라…… 그저 들으면 되는 것이군요. 하하. 하하 하하. 가장 기본이 되는 것을 잊고 있다니."

울드의 표정에 편안함이 찾아왔다.

지금의 혼란을 있는 그대로 받아들인 것이다.

카일은 마나를 풀어 헤쳤다.

인간의 목소리를 듣고자 하는 그에게 굳이 자연을 연기할 필요는 없다.

"이제 얼굴이 조금 편해 보이오."

"그저 들으면 된다 하니, 불편할 것이 없지요. 항상 하던 일을 그대로 하면 되는 것일 뿐."

울드의 얼굴도 그 특유의 표정 없는 얼굴로 돌아갔다.

몸의 회복이 빠르더니 정신의 회복도 빠르구나 싶다.

신관이라 그런가 보다.

"그래도 나는 입이 있으니 듣기에는 좀 더 수월할 것이오. 기도 대신 질문을 하면 될 테니 말이오."

"그렇습니까? 하긴, 그것도 그렇군요. 그러면 질문을 해도 되겠습니까?"

"얼마든지."

"학원이라는 시설을 만든다고 들었습니다. 저는 이 안에서도 순환의 이치를 보았습니다. 영주님은 그것을 의도한 것입니까?"

"지식을 모아 다시 퍼트리는 것을 두고 하는 말이오?"

"그렇습니다. 인간은 들어온 것을 내어놓지 않는 속성이 있다고 했습니다. 그리하여 주변의 모든 것을 자신의 것으로 쌓아 올리는 이들이라고 알고 있습니다. 그런데 영주님의 방식은 그것과 전혀 다른 이치였습니다."

"고인 것은 썩지 않소. 나는 그것이 모든 것에 통용되는 법칙이라고 생각하오. 지식도 마찬가지요. 고여 있는 지식은 확장되지 않소."

카일은 주변에 지어 올라간 다층 주택 단지를 가리켰다.

"불과 몇 달 사이에 지은 건물들이오. 지난 수백 년간 이어진 전통적인 건축 공법이 하루아침에 바뀐 것이지. 골렘술과 건축술이라는 서로 다른 영역의 지식이 하나로 혼합되어 만들어진 결실이오. 이게 가능하려거든 엮일 수 있는 기회가 많아야 하오."

"발전을 위한 순환이란 뜻입니까?"

"그렇다고 하면 그럴 수 있겠지만, 솔직히 그 부분은 내가 고심하여 결정한 것이 아니라 어떠한 명확한 답을 내려 주기가 어렵소. 나도 정리가 끝나지 않은 것을 정답인 양 말할 수야 없지 않겠소."

카일의 타이름에 울드는 바로 수긍하여 고개를 끄덕였다.

하지만 그의 듣고자 하는 욕구가 잦아든 것은 아니었다.

"상황이 이렇게 된 것, 이 종합학원에 신관의 자리도 한 칸 마련해 보는 게 어떻겠소?"

"그것이 불편을 드리는 것은 아닌지 모르겠습니다."

"그럴 리가. 당신만 불편하지 않다면 나로서는 아주 환영할 일이오."

"그러시다면 저 또한 이 순환의 장에 자리하길 부탁드리겠습니다."

"당신들이 쇠 냄새를 싫어한다는 것은 알고 있소. 드워프들과의 관계가 껄끄러운 것도 알고 있소. 하지만 마나는 산이라 해서 오르지 않는 것이 아니며 땅이라 해서 내리지 않는 것이 아니오. 나는 모두가 어우러질 수 있다고 믿소."

"그것이 순환의 이치라면 응당 순응해야 할 질서입니다. 신관으로서 목소리를 듣는 것에만 열중하겠습니다."

카일은 흡족함에 고개를 끄덕였다.

처음부터 이러려고 말을 유도한 것은 아니다만, 결과적으로 이 종합학원에 엘프학회까지 가입된 결과였다.

학술을 떠나, 구경을 위해서만이라도 방문을 할 만한 일이다.

능력자들의 경우 교류를 할 수 있다고 한다면 먼 길 마다 않고 방문할 것이다.

카일은 반사적으로 인구 유입을 감당할 기본 인프라를 더 증설해야겠다는 생각을 했다.

하나같이 전부 사업으로 연결을 하는 머리가 조금 속물같이 느껴졌다만, 영주인 자신의 위치를 생각하면 일을 잘하는 것 아니겠나.

웃고 넘어가면 될 일이다.

"그런데 조사에 대한 것은 어찌 되겠소? 그것을 먼저 해결해야 하지 않소?"

"그것은 목소리를 보내면 됩니다."

"그렇군. 조사 결과는 어떻소? 관련자로서 미리 귀띔 정도 해 주면 안 되겠소?"

"이미 순환의 이치가 뿌리내려 있는 곳이니, 그 자격을 운운하는 것부터가 무례한 일이라 여깁니다. 저는 제가 보고 들은 것, 그리고 경험한 것과 느낀 것 모두를 그대로를 티라디움으로 보내겠습니다."

"모쪼록 긍정적인 결과가 있기를 바라겠소. 둘 모두에게, 아니 드워프까지 포함하여 우리 인류 모두에게 득이 되는 일이라 믿소."

"저 또한 순환의 이치대로 흐를 거라 믿습니다."

울드는 담담히 고개를 끄덕였다.

흔들리지 않는 원래 모습의 울드였다.

마침 동이 터 오른다.

하루가 완전히 지났다.

공식적인 신년식 또한 지나간 것이다. 하지만 날은 끊어진 것 없이 그대로 이어진다.

"자, 자! 신년식 동안 놀 만큼 놀았으니 다들 정신 바짝 차리고 훈련들 하자고!"

"영주님께서 폐회식 때 큰 거 하나 또 꺼내셨다는 말은 다들 들었지? 분명 우리를 찾으실 거다. 그러니까 감각 떨어지지 않게 항상 수련을 해야 된다!"

"여기 있는 사람 중에 그거 모르는 사람 있어요? 잔소리 그만하고 빨리 몸이나 풀죠!"

새벽동을 등지며 술사들이 공터로 모여들었다.

술사들이 자체적인 훈련을 한다는 것은 이미 알고 있었다.

자리를 피할 필요는 없다. 함께하는 게 오히려 저들에게도 좋을 것이다.

그리고 마침 울드가 옆에 있다. 분위기도 나쁘지 않고 상황도 적절하니, 무언가 하나 같이해 봄 직했다.

"울드 최고신관, 괜찮다면 기술의 순환을 한번 실천해 보겠소?"

"순환의 목소리라면 성심껏 듣겠습니다."

카일은 흡족함에 고개를 끄덕이곤 게올드를 불렀다.

게올드는 깜짝 놀라 냉큼 달려왔다.

"아이쿠, 영주님, 계신 줄 몰랐습니다. 계셨다면 당연히 먼저 인사를 올렸을⋯⋯."

"됐네. 인사 받자고 온 것 아냐. 아직 축제가 다 끝나지 않았는데 이렇게 새벽 수련인가?"

"축제라 하여도 일과는 이어지는지라⋯⋯. 일과 시간에 해가 되지 않도록 이 시간에 훈련을 하고 있습니다. 제가 무언가 규칙을 어긴 것이 있다면 시정하겠습니다."

"그럴 리가. 마침 이 부지를 학원 건설로 활용할까 살펴보던 참이었거든."

"아, 그렇습니까? 그러면 다른 곳에 가서 수련을 하겠습니다."

"그럴 것 없어. 다들 가까이 오라 하게. 소개해 줄 사람이 있어."

게올드가 카일 뒤에 있는 울드를 힐끗 보고는 화색이 되어 고개를 끄덕였다.

게올드는 냉큼 술사들을 불러왔다. 술사들은 기사들이 그러하듯 군기 바짝 든 자세로 오와 열을 맞춰 섰다.

"앞으로 건립될 바르테온 종합학원에서 엘프원에 자리하게 될 티라디움의 울드 최고신관님이다. 신관이시니만큼 마주함에 경건함을 잃지 말도록."

술사들은 양손을 모아 울드에게 고개 숙였다.

"울드 최고신관, 나의 기사들이오."

술사들에 대한 소개는 짧고 간단했다. 울드는 술사들에게 양손을 모아 인사했다.

"순환을 실천하고자 자리하였습니다. 모든 목소리를 편견 없이 듣고자 노력하겠습니다."

겸손한 자세였다. 카일은 다른 모든 엘프들 또한 울드와 같을 수 있다면 정말로 세 인류의 교류와 화합을 만들 수 있을 거라 느꼈다.

이전까지 없었던 역사를 새로 쓰는 것이고, 지금 이 순간은 그 역사의 시발점이나 마찬가지였다.

"게올드, 오브를 내어 보라."

"예, 영주님."

게올드가 오브를 꺼내 보였다.

"우리 인간의 기술로 만든 골렘 오브요. 마나를 줄기 형태로 이루어 물체를 움직일 수 있게 하오. 나는 이 마나 기술을 전통적인 건축 기술과 엮어 골렘건축술을 만들었소."

카일은 그 오브를 받아 마나를 연성했다.

마나 줄기가 나뭇가지 펼쳐 오르는 것처럼 높게 뻗어 올랐다.

"이 인간의 기술에 당신이 가진 능력을 엮는다면 어떤 순환이 만들어지겠소?"

카일은 진중히 물었다. 행하라는 뜻이었다.

"목소리를 듣겠습니다."

울드가 카일 앞으로 와 기도를 올렸다.

그의 몸에서 짙은 마나가 흘러나와 지면으로 녹아들었다.

투둑. 트드득.

모래 알갱이 떨어지는 소리와 함께 땅이 갈라졌다.

가늘게 고개를 내민 넝쿨 줄기가 제 몸 기댈 곳 찾아 이리저리 몸을 흔들었다.

그러다 카일이 뻗어 올린 마나 줄기에 닿았다.

꾸드드드득ㅡ.

길을 찾은 넝쿨 줄기는 그 길을 따라 하늘 높이 솟구쳤다.

"우와아아아."

술사들은 솟구치는 나무줄기를 보며 탄성을 내질렀다.

카일은 작정하고 마나 줄기를 더 높게 뽑아 올렸다.

순식간에 십여 미터를 넘어 수십 미터 단위가 되었다.

울드가 올린 나무줄기도 그 못지않게 솟아올랐다.

더 이상은 낭창낭창 쓰러질 것같이 위태로웠다.

이것만 해도 바르테온 어디에서나 볼 수 있는 구조물이다.

"가지를 뻗겠소."

카일은 기둥 끝을 여러 갈래로 갈라 내어 똬리를 틀며 지면으로 떨어지게 했다.

기둥의 위태로움을 보완하는 구조였다.

울드도 그에 맞춰 가지를 내렸다.

수백 년 넝쿨이 얽혀 자라야 할 것 같은 신비한 나무가 순식간에 생겨났다.

그야말로 숲의 요정이 마법을 부려 만들었다고 할 만한 모양새였다.

"어떻소?"

"생경한 경험이었습니다."

좋은 경험이라고 하지 않았다. 카일은 울드가 이것에서 어떠한 특별한 의미를 찾고자 한다는 것을 느꼈다.

"마음에 걸리는 것이 있소? 목소리를 들려준다 했으니 무엇이든 편히 질문하시오."

"그럼 묻습니다. 영주님은 서로 다른 것이 엮여 서로에게 도움이 될 것이라 했는데, 저는 이것이 서로에게 무슨 도움인지 모르겠습니다."

울드는 이 순간 느끼는 의문을 있는 그대로 물었다.

"서로에게 무언가 더 크게 얻는 것은 없을 것이오. 다만 서로에게 한발 더 가까이 갈 수 있는 계기는 될 수 있을 거라 생각하오."

"어찌 그렇습니까?"

"살아 있는 나무로도 이와 같은 구조물을 얻을 수 있다면 인간이 굳이 나무를 벨 필요가 없소. 이런 살아 있는 나무 건축물이 늘어난다면 그만큼 쇠 냄새가 줄어들 테니, 엘프들 또한 지내기에 조금은 수월하지 않겠소."

"그것은 그렇겠군요."

"혹, 나무가 자신의 몸이 이렇게 비틀리는 것을 두고 불평을 하였소?"

카일은 엘프가 정말 식물과 대화를 할 수 있나 하는 생각에 물어봤다.

"나무가 말을 합니까?"

"아니었소? 목소리를 들을 수 있다고 하길래, 정말 목소리를 듣는 것인가 해서 말이오."

"사람처럼 언어를 가지고 말하는 목소리가 아니라 다른 생체 신호들의 집합을 말하는 것입니다."

"그런 것이라면 나도 같은 것을 보는 것이오. 내가 보기엔 딱히 불편함이 없어 보이오. 신관이 보기엔 어떻소?"

생나무 탑은 뿌리부터 저 높은 머리꼭지까지 막히는 곳 없이 마나가 모두 잘 돌고 있었다.

이런 형태로 자라나게 했다고 해서 나무가 죽거나 일부분이 말라비틀어지는 일은 없다는 진단이다.

"제가 듣기에도 그렇습니다."

"그렇다면 이렇게 형태를 이끌어 주는 것이 나무에게 몹쓸 짓을 하는 것은 아니라 생각하오. 나무의 처지에서도 베여 나가는 것보다야 낫다고 보오. 그렇다면 서로의 기술을 엮음으로 좀 더 나은 결과가 만들어졌다 해 볼 만하지 않소?"

"영주님은 참으로 넓은 영역으로 사고를 하시는 것 같습니다."

"무엇에서 그리 느끼셨소?"

"그 어떤 인간도 나무를 자르지 않아도 된다는 것을 나은 결과로 생각하지 않을 것입니다. 그 생각의 영역이 숲과 나무에까지 미쳐 있다니. 솔직히 놀라운 일입니다."

"누차 말하지만 인간도 자연의 일부요. 그리고 인간이 누리는 모든 것들 또한 자연의 산물이오. 자연이 상하면 인간도 헐벗고 굶주리게 되는 것은 자명하오. 인간도 자연에서 얻어 자연으로 되돌리고자 하는 의식이 있음을 알아주시오."

"예, 영주님을 통해 알게 되었습니다. 이 모든 것을 그대로 티라디움에게 전하겠습니다."

"좋은 엮임을 기대하겠소."

"저 또한 좋은 순환이 만들어지길 기대하겠습니다."

카일과 울드는 함께 고개를 끄덕였다.

"이걸 있는 그대로 받아들일 수 있는 것이오?"

집정관 이실딘이 제사장 오올을 보며 물었다.

"집정관님께 도착한 목소리입니다. 그 진위를 저에게 물어보셔도 드릴 답이 없습니다."

오올도 따로 해 줄 말이 없었다. 이 목소리를 있는 그대로 받아들일 수 없는 것은 오올도 마찬가지였다.

둘은 이 믿기지 않은 목소리가 끝날 때까지 아무 말 않고 듣기만 했다.

그러다 마지막에 가서는 목소리가 전부 끝났음에도 말문이 막혀 대화를 이어 나갈 수가 없었다.

"뭘 어디서부터 따져 봐야 할지 감도 잡히지 않는군."

"이 목소리가 전부 있는 그대로라면 따로 따질 게 없습니다. 당장 교류를 시작해도 되지 않겠습니까? 이만한 순환이, 아니 순환 고리의 가능성이 있는 땅이라고 한다면 모든 일족이 목 놓아 기다린 땅입니다."

"또 한 번 자리를 옮기자는 뜻처럼 들리오만."

"그것도 방법이라면 방법입니다."

"이번에는 인간들과 전쟁을 하자는 것이오?"

"전쟁이 될지 상생이 될지는 모르는 일입니다. 올드 최고신관의 경험에는 상생에 가깝군요."

"인간과 상생이라니……. 과연 이걸 누가 받아들이겠소?"

"굳이 우리가 받아들이게 할 필요는 없을 듯합니다. 이 모든 것이 진실이라면, 올드 최고신관이 아니라 다른 이들도 어떠한 수긍을 하게 될 것입니다."

이실딘도 오올의 말을 부정하기는 어려웠다.

자신부터도 이만한 순환이 이루어지는 인간의 영토가 있다는 것이 궁금하여 직접 확인해 보고 싶을 지경이었으니 말이다.

그리고 인간들의 쇠 냄새가 아무리 거북하다고 한들, 그래 봐야 죽음의 물이 뿜어내는 악취보다는 덜하다.

인간 따위에게 엮여야 한다는 그 거부감이 큰 걸림돌이었는데, 지금과 같은 상황이라면 충분히 넘을 수 있는 걸림돌 정도로 보였다.

"알겠소. 그러면 우선 소규모 협력단을 추진해 보는 것으로 합시다."

"알겠습니다. 규모는 어느 정도 생각하십니까?"

"지금 그 영토에 드워프가 300명이나 들어와 있다고 했소. 그것도 드라칸이 직접 인솔한다고 하니 얼추 격을 맞춰야 기세에서 안 밀리지 않겠소?"

"하면 제가 신관 200명을 대동하여 직접 다녀오도록 하겠습니다."

그렇게 새로운 협력단이 준비되었다.

❋

"방금 티라디움에서 목소리를 받았습니다."

"뭐라 답이 왔소?"

"협력단이 구성될 거라 했습니다. 200인 규모고 인솔은 제 사장님이 직접 하신다고 했습니다. 아주 긍정적인 결과입니다."

"신관이 노력해 준 덕분이오."

"저는 있는 그대로를 전달했을 뿐입니다. 마땅히 될 일이었다고 생각합니다."

"여하튼 고맙소. 그러면 200명이나 되는 엘프들이 기거할 공간이 있어야 한다는 것인데. 다들 요람을 만들어 지내는 것이오?"

"그렇습니다."

"그러면 커다란 숲이 필요하겠군."

"이 성밖에 숲이 적지 않으니 적당한 자리에 알아서들 자리를 잡을 것입니다."

"하기야, 영지 안에서 지내는 것은 거북하기도 하겠지. 그렇다면 숙소에 대한 것은 내가 신경 쓰지 않도록 하겠소."

영지 밖에는 한 줌씩 떨어진 작은 숲들이 많다.

본래는 전부 숲으로 이루어진 땅이었는데, 개간을 하면서 숲을 밀어내고 남은 부분들이 지금의 작은 숲 군락이다.

그런 곳곳마다 엘프들이 적당히 자리를 잡아 준다면 식물들이 융성하게 될 테니 오히려 득이 되는 일이다.

"그럼 자세한 협력 사항에 대해서는 협력단이 오면 논의토록 합시다."

"예. 그때 다시 이야기드리겠습니다."

울드가 물러났다.

카일은 다시 하던 일에 집중했다.

종합학원을 건설하는 일이다.

일반적인 저택과 같은 구조로 건설을 하되 기술을 함께 논의해야 하니 실습을 할 수 있는 충분한 공간을 미리 확보해서 건설해야 한다.

거기에 더해 추가적인 확장이 있을 수 있기에 부지를 미리 많이 배정해 두었다.

"이렇게 하면 얼추 밑그림은 나오겠습니다. 자재 추산을 해서 건설 준비를 하도록 하겠습니다. 그런데 저 나무는 어떻게 할까요?"

페르벤은 부지 중앙에 자리 잡은 나무를 가리키며 물었다.

카일이 울드와 함께 자라게 한 나무다.

"저 형태로는 탑으로 쓸 수밖에 없지. 종을 달아서 신호를 알리는 용도라면 적당하지 않겠어."

"그러면 적당한 종을 찾아보겠습니다."

"그건 내가 드워프 쪽에 요청하겠네. 인간과 엘프의 손이 들어갔으니 드워프의 손도 더해져야지."

그러면 셋의 기술이 모두 들어간 상징적인 탑이 된다.

카일은 이 종탑의 이름을 순환의 탑으로 내정했다.

다분히 엘프들을 의식한 작명이었지만, 이 종합학원의

취지 자체가 이 세상의 지식을 순환시킨다는 것이니 딱 알맞는 이름이기도 했다.

카일은 현장 지시를 끝낸 후 정무원으로 이동했다.

종합학원에 대한 취지와 목적, 운영에 대해서는 모든 정무관들에게 제대로 인지시킬 필요가 있었다.

그리고 엘프 협력단 방문에 대한 것도 공식적으로 고지를 해야 할 사항이었다.

"우선 종합학원에 대한 핵심 기조에 대해 공지토록 하겠다."

정무관들은 공지라는 단어 하나로 오늘의 정무회의가 설명을 위한 자리가 아님을 눈치챘다.

다들 정신을 바짝 차리고 카일의 말에 집중했다.

"종합학원의 1차 목적은 세상의 모든 기술과 지식을 모아 발전시키고 그것을 다시 세상으로 배포한다는 것이다. 그렇기에 종합학원엔 그 어떠한 지식과 기술도 학회로서 존재할 수 있다."

학원의 발원은 검술학회였지만 그것 하나로 끝낼 리가 만무하다.

"검술과 마법, 마나술이 지고한 기술인 것은 맞으나 연회에서 수저를 배치하는 것 또한 필요한 지식이며 의미 있는 기술이다. 대장 기술, 건축 기술, 재봉 기술 등등 모든 기술을 학회로서 인정할 것이다."

소피아, 페르벤, 마도스는 정치적인 이유로 정무회의에 참석을 시키지 않고 있다.

하지만 그들을 1열에 두었던 것은 올 한 해를 그와 같은 직능 기술 위주로 정무를 보겠다는 분명한 의지의 투영이었다.

그들을 크게 대우해 줘야 그와 같은 계열의 기술자들이 힘을 받고 성장하게 된다.

카일은 이 학원이 그런 목적으로서 아주 최적이라고 여겼다.

소피아, 페르벤, 마도스에게 당장 부장의 자리는 줄 수 없지만 학회장의 자리는 줄 수 있으니 말이다.

학회장으로서 관련 실무를 총괄하고 실무 교수진을 선발할 수 있으며 연구비 명목으로 지원되는 운영비를 마음대로 배정할 수 있다고 하면 1급관에 버금가는 권한을 전부 내려준 것이나 다름없다.

"그리고 정무관들은 그러한 학회의 연구가 실무에 바로 적용될 수 있도록 다각적이고 전폭적인 지원에 힘써야 한다. 이러한 지원은 종합학원으로 이루고자 하는 궁극적인 목적을 달성하기 위해서이니."

종합학원이 어떠한 계기로 만들어지고 대외적으로 어떠한 목적성을 가진다고 한들, 바르테온의 번영을 위한다는 대전제 외에는 있을 수 없다.

결국은 바르테온을 위하는 것이다.

바르테안이니 그것이 당연한 것 아니겠나.

"그 궁극적 목적은, 세상 모든 기술의 표준을 제시하는 것이다."

업계 표준.

시장 경쟁에서 압도적인 우위를 가지고 있다는 증명과도 같은 말이다.

"그리하려거든 주변의 기술자들이 스스로 찾아와 기술을 배우고 우리의 방식을 따르도록 만들어야 한다. 우리 바르테온은 검술로서 이미 최강자의 자리에 올라 있으니 다른 분야 또한 그리될 거라 믿는다."

주변 영지에서 유학을 오게 하고 우리의 기술을 차용하게 하려거든 탁월한 기술적으로 우위가 있어야 한다.

그러한 우위는 그만한 지원으로부터 나오고, 그것을 결정하는 것은 강력한 영주의 의지다.

"모든 정무관들은 나의 뜻을 곧이 받들어 정확하게 이행하라."

지엄한 영주의 명령이다. 그 누가 한 톨 불순한 마음을 품겠나.

"충심으로 따르겠나이다!"

신년식이 끝난 첫날의 정무는 이렇게 시작되었다.

카일은 종합학원에 우선 들어갈 학회를 몇 가지 추렸다.

당연히 검술학회가 첫 번째다.

검술학회의 학회장으로는 칼데온을 내정했다.

다른 말이 나올 수 없는 인사였다.

그다음은 마나술을 중점적으로 연구하는 마나술학회도 추가로 두었다.

마나술학회의 학회장은 휴슬레를 낙점했다.

마법사인 휴슬레가 마나술에 대한 이해가 가장 자유로웠기 때문이다.

의류 산업에 대해서는 실무디자인학회와 의복제작학회를 두었다.

실무디자인학회는 당연히 소피아의 것으로 실무 능력을 보완할 수 있는 의상 디자인을 연구하라는 목표를 내렸다.

기사가 기사다울 수 있는 복장, 광부의 작업복, 시녀의 메이드복 등등. 해당 직군의 작업에 도움이 될 수 있는 실무 의복을 연구하라는 것이다.

물론 그 실무에는 영애들의 사교연회도 포함이기 때문에 드레스에 대한 연구도 빠지지 않는다.

그런 만큼 사회 각계각층의 인사를 모델로 기용하고 면담할 수 있는 권한을 주었다.

광산 일을 하는 광부든, 귀족 가문의 영애든, 기사단의 단장이든, 필요하면 불러서 옷을 입혀 보고 그에 대한 의견을 들을 수 있는 권한이다.

그리고 카일은 그 범위에 자기 자신인 영주까지도 포함시켰다.

물론 실무진도 눈치를 봐 가며 그 권한을 행사하겠지만, 명문상의 권한은 실로 막강했다.

의복제작학회는 우선 재단실장인 데양을 관리자로 두었다.

의복제작학회의 목적은 의복 제작의 효율을 증대시키는 기술을 연구하고 새로운 옷감과 염색법을 연구토록 하였다.

어업에 관련해서는 선박제작학회, 항해학회, 어로학회를 결정했다.

선박제작학회는 마도스가 책임지게 되었고 임무는 새로운 선박을 개발하는 한편 기존 선박을 개선 발전시키는 것이다.

항해학회 또한 바르테온에 실질적인 항해 기술자가 없는 탓에 마도스에게 겸직하도록 했다.

어로학회의 목적은 물고기를 잡는 방법과 도구, 그리고 잡아들인 물고기의 처리 방식을 연구하는 것이다.

이 부분도 마땅한 권위자가 없다.

당장 시작은 생업으로 쪽배 낚시를 하던 낚시꾼들을 기용해야 할 상황이다. 그럼에도 카일은 우선 학회 설립을 결정했다.

다음 철강 산업에 대해서는 강철을 생산하는 철강학회, 광물을 채집하는 광산학회, 실질적인 생산품을 만드는 철공학회를 두었다.

철강학회와 철공학회는 잭을 책임자로 두었고 광산학회는 지크 가문으로 넘겼다.

어차피 철강 산업은 드워프들의 협조를 많이 받아야 하기에 교수진에 대해선 크게 신경 쓰지 않았다.

건축에 관해서는 오브건축학회, 건축기술학회, 건축자재학회를 두었다.

오브건축학회는 술사단이 주축이 될 것이고 건축기술학회는 건축관들이, 건축자재학회는 벽돌공으로 대표되는 건축자재 생산공들이 주축이 될 것이다.

의술학회는 당연히 의사들이 중심이고 그 유관으로 생약학회를 넣어 데미트라를 책임자로 올렸다.

그다음은 종합응접학회를 만들었다.

카일이 타국의 인구를 끌어들이는 주요 전략 중 한 가지가 바로 관광업이다.

이미 온천 거리의 호텔에 접객 매뉴얼을 내려 상향평준화된 서비스를 생각했었다.

앞으로 드워프와 엘프를 보기 위해, 또 이 종합학원에서 기술을 연수하기 위한 유학생들이 많이 오게 될 것이다.

당연히 귀족들 중심일 테니 그에 맞는 응접 인력이 필요하다.

그뿐 아니라 기사를 모시는 종자로서의 자세나, 영애를 모시는 시녀로서의 자세도 논할 수 있다.

이 귀족 사회에서 귀족을 빼놓을 수 없는 것처럼 시종들도 빼놓을 수 없다.

시종들의 기준을 잡는다면 그것은 귀족 사회에도 충분한 영향력을 가진다.

저택의 카펫이나 수저, 수건 따위를 일일이 지적하는 귀족은 거의 없고 대부분 실무진인 시종들이 담당하기 때문이다.

당연히 놓칠 수 없는 영역이다.

그다음은 문화예술의 분야인 연극무용학회다.

연극무용학회의 경우 일부러 분야를 나누지 않고 우선 하나만 두었다.

당장의 실무자라고 해 봐야 전부 낙원단 출신들이기 때문이다.

차후 극단의 낙원단들이 어떤 식으로든 정리가 된 후에 영역을 세분화하면 된다.

아니면 바르테온 출신 인력이 어느 정도 길러진 후에 분야를 나누어도 되고 말이다.

"우선 이 정도로만 결정했소. 보기에 어떻겠소?"

카일이 정리한 문서를 훑은 사사레의 눈이 핑글핑글 돌아갔다.

"이 많은 신규 조직을 새로 조직하고 관리하려거든 그에 맞는 행정 인력을 따로 더 뽑아야 할 듯합니다."

"이런, 내가 깜빡했군. 아주 좋은 지적이오. 그 학회에 행정학회도 추가해야겠소. 목적은 행정 절차의 효율성 증대와 통계 조사 기법 연구로 합시다."

카일은 바로 종이 한 장을 새로 꺼내 행정학회에 대한 정리를 써 내렸다.

행정학회에 대한 기준이 다 나왔지만 그럼에도 펜이 멈추지 않았다.

"여기에 회계학회와 상행학회도 같이 두겠소."

회계학회는 당연히 돈을 셈하는 기술을 연구하는 학회다.

행정관의 가장 중요한 임무인 조세 관련 업무에 반드시필요한 기술인 것은 말할 것도 없고 큰 단위 돈을 만지는 집사장이나 시녀장, 상인들도 공부해야 할 과목이다.

상행학은 상행에서 필요한 기술들을 종합하여 연구하는 학회로 결정했다.

각 지역마다 특산품과 교역품에 대한 정보와 지역별 거래 방식 및 구성원의 특징 파악도 상업 거래에서 빠질 수 없는 영역이다.

거기에 지금은 상업로를 새로 개척해야 하는 상황이니 모험에 필요한 생존법과 길찾기 방법 따위도 연구할 수 있는 분야였다.

"자, 여기 있소. 더 추가할 분야가 있겠소?"

"아닙니다. 이미 충분한 것 같습니다."

사사레는 간신히 차고 넘친다는 말을 참아 냈다.

"학회장이 내정되어 있는 곳은 학회장더러 교수진과 실무진을 추리라고 하면 될 것이오. 그렇지 않은 곳은 경이 알아서 내정하시오."

"하온데 학회장과 교수진에 대한 권한이 귀족과 다름이 없습니다. 이 권한에 합당한 내정자가 없는 경우 어찌하면 되겠습니까?"

학회장의 권한만 본다면 1급관에 준하고 교수진도 그 권한에 따라서 2~3급관은 된다.

특히 바르테온에서 지금까지 천대받는 인식이 강했던 어부가 하루아침에 1급관에 준하는 학회장이 된다고 해 봐라.

이건 난리가 나도 아주 뒤집어지게 난리가 날 일이다.

하지만 오히려 그것이 카일이 노리는 점이었다.

"솔반 때와 같은 이치요. 능력이 부족한 이가 과한 권한을 누리고 있다는 것이 퍼지면 그만한 능력을 가진 이들이 모여들게 되어 있소."

"그런 의도이시면 능력을 크게 신경 쓰지 않고 우선 내정하도록 하겠습니다."

"그렇소. 어차피 뛰어난 인재가 나오면 자리야 갈면 되는 것이니 너무 골머리 싸맬 필요 없소."

"예, 영주님. 그러면 기한은 언제까지 하면 되겠습니까?"

"이번 종합학원은 내가 직접 건축에 참여할 것이오. 다음 주까지 완공시킬 것이니 조직 또한 그 전에 가닥이 나와야 할 것이오."

"알겠습니다. 필히 완수하겠습니다."

"그리고 이에 대한 부분은 공식 공표문으로 작성하여 숄 전역에 배포하도록 하시오."

"예, 영주님. 바로 이행하겠습니다."

읍하고 물러난 사사레는 제일 먼저 공표문을 작성하여 정보단을 통해 벤자르의 총독관으로 보냈다.

그 공표문은 통신망을 통해 벤자르의 총독관에 도달하여 수기로 옮겨진 후 모즈에게 전해졌다.

모즈는 공표문의 내용이 쉬이 이해가 가지 않았지만, 굳이 자신의 이해가 필요치 않다는 것도 잘 알고 있었다.

모즈는 명령받은 내용 그대로 공표문의 내용을 숄 전역에 배포했다.

벤자르의 경우 기사단이 직접 내려가 공표문을 붙였고 아슬란과 로펨의 경우는 연결된 통신 오브로 공표문을 전달했다.

그렇게 전달된 카일의 공표문은 로펨의 로운에게까지 거의 시간 차 없이 도달하였다.

"이제는 대체 이해가 따라가질 않는구먼. 과욕이야 과욕. 전쟁에서 승리하더니 아주 미쳐 날뛰고 있어."

로운은 총독관에서부터 내려온 공표문을 보며 혀를 끌끌 찼다.

"본래 패기로운 젊은 지도자가 자신의 생각에 잡아먹히는 법이지요. 바르테온 영주 또한 그런 식으로 독주하고 있는 게 아닌가 싶습니다."

"주변에 간언할 자가 하나도 없는 게지. 이름 높은 이들은 하나같이 밖으로 돌리고 영지에서는 풋내 나는 꼬맹이들이나 곁에 두고 있겠지. 뻔하구먼, 뻔해."

"그것도 젊은 권력자가 하는 뻔한 수순이지요. 세대교체 말입니다."

"아무리 그래도 도살자까지 잔심부름꾼으로 만드는 것은 너무했지. 도살자가 직접 기술공을 초빙한다는 이야기를 들었을 땐 내 얼굴이 다 뜨겁더라니까."

"그러게 말입니다. 이렇게 공신들의 신망을 잃는 행보를 남발하는 걸 보니 바르테온의 앞날이 어떨지 뻔히 그려집니다."

"그래도 가진 힘이 있으니 영 비틀거리진 않을 게야. 도살자 그이가 충신이기도 하고. 쯧쯧. 그저 애석한 것이지. 한때는 전설이라고 불린 이가 이젠 뒷방 늙은이만도 못한 대접을 받고 있으니."

로운은 괜히 칼데온의 신세가 자신만 못하다는 느낌에 씁쓸한 기분이 들었다.

지금 내려온 공문도 별것없는 기술공들에게 귀족 작위를 남발하여 초빙하겠다는 내용인데, 전부터 기술공들을 우대하는 그 일률적인 행보가 꼭 전쟁공훈자들을 쳐 내려는 정치적 의도처럼 읽혔기 때문이다.

"시대가 바뀌었으니 세대 또한 바꾸겠다는 의도를 마냥 나쁘다 할 수야 없겠지만서도 이건 참 해도 해도 너무하구먼."

로운은 함께 저물어 가는 세대로서 자웅을 겨루었던 인생의 호적수에게 연민을 느꼈다.

자신이 이런 대우를 받았다면 충성심은 단번에 확 꺾여 버렸을 것 같은 기분이었기 때문이다.

"어르신, 여기 뎅쇼 쇼뱅 경으로부터 온 서신입니다."

"쇼뱅에게서? 뭐 급한 일이라고 서신씩이나 보냈어그래."

지금 뎅쇼는 로펨의 대표 격으로 바르테온의 신년식을 축하하기 위해 나가 있다.

로운은 얼굴만 비추고 오면 되는 일에 굳이 서신을 보낼 일이 있을까 하며 서신을 확인했다.

그런데 그의 눈이 부릅떠지는 건 금방이었다.

글자 그대로의 내용들이 하나같이 믿을 수 없는 것들이었다.

"헛소리도 한두 가지여야 믿지……."

드워프가 진짜 있다는 말. 그것도 한두 명이 아니라 수백 명이 있다는 말.

지크 가문에서 새로운 마스터가 탄생했다는 말, 그런데 드워프 중에 그 마스터와 비등하게 결투를 벌였다는 말.

더불어 바르테온 영지 내에 엘프까지 초빙이 되어 있다는 말까지.

로운은 뎅쇼가 보낸 이 서신이 중간에 바꿔치기가 된 게 아닌가 싶은 의구심까지 들 정도였다.

"이봐, 이것 총독관을 거쳐서 온 것인가?"

"그렇지 않습니다. 화급으로 직행 통과되어 온 것입니다."

"그럼 총독관에서 손을 쓴 건 아니란 건데. 이걸 그냥 곧이 믿을 수도 없고 말이야. 이 친구 이거 무슨 약이라도 먹고 휘둘리는 건가 싶구먼."

로운의 생각은 뎅쇼가 바르테온에서 접대를 아주 융숭하게 받았나 하는 쪽으로 흘러갔다.

한 가지만 있어도 의구심이 들 내용이 수두룩하게 이어졌기 때문이다.

"게리울 공, 공께 알립니다. 바, 바르테온에서 통신이 왔습니다."

"지금 바르테온에서 직통신이 왔다는 게야?"

바르테온에서 로펨까지의 거리는 끝에서 끝이다. 통신이 올 수 없는 거리였다.

"예, 예! 뎅쇼 경입니다."

"지금 이게 뭐가 어떻게 돌아가는 게야. 들어와!"

로운의 허락에 통신관이 들어와 통신 오브를 건넸다.

"뎅쇼 경인가? 지금 이게 무슨 일이야?"

―로운 공. 가능하시면 지금 당장 바르테온으로 한번 방문하셔야 할 것 같습니다.

뎅쇼의 음성이 긴장을 넘어서 초조함으로 덜덜 떨리는 중이었다.

"뭐길래 그리 호들갑인가? 바르테온에서 전쟁 준비라도 하고 있나?"

―차라리 그런 것이면 다행스러울 정도입니다. 가만 보고 있자니 이상하게 돌아가도 아주 이상하게 돌아가고 있는 것 같습니다.

"대체 뭘 봤길래 그러는 게야? 뭐라도 말을 하면 될 것 아닌가."

―이게 말로 딱 전해지는 것이 아니라서 그렇습니다. 와 보시면 단번에 느껴지실 것입니다. 와 보셔야 합니다. 필히 와 보셔야 합니다. 이런, 시간이 다 되었나 봅니다. 그만 끊어야 할 것 같습니다. 그러면 기다리겠습니다. 꼭 와 주십시오.

뎅쇼는 누군가에게 쫓기는 듯이 황급히 말을 쏟아 내곤 통화를 끝냈다.

로운은 어리둥절한 표정이 되었다.

"대체 뭐가 어떻길래 귀신 본 것처럼 덜덜 떠는 게야."

로운은 의연치 못한 뎅쇼의 태도에 핀잔을 했지만, 그만큼 속이 불편한 것도 사실이었다.

　다른 것들은 다 차치하고서라도 바르테온에서 여기까지 직통 통신이 가능하다는 것만 놓고 보아도 뭔가 심상치 않다는 느낌이 들긴 했다.

　"쯧. 이거 가서 보긴 봐야겠구먼."

　바르테온에 가는 것이 껄끄럽긴 했지만 직접 가서 볼 수밖에 없다는 판단이었다.

　로운은 바르테온행 채비를 명령했다.

　로운은 루바아우라지에서 마중을 나온 뎅쇼를 만났다.

　"로운 공, 먼 길 오시느라 고생 많으셨습니다. 이렇게 직접 나서 주셔서 감사드립니다."

　"자네가 그리 호들갑을 떠니 내가 안 와 볼 수가 있어야지. 대체 무슨 일이길래 그리 난리를 피운 겐가?"

　"제가 백번 말하는 것보다 직접 한번 보시는 게 나을 것입니다."

　"거 자꾸 답답한 소리 하는구먼. 자네가 느낀 그 느낌만이라도 말을 해야 할 것 아냐. 그래야 내가 그걸 중심으로 살펴보지."

로운이 답답함에 배 난간을 두드렸다. 뎅쇼가 아주 송구하단 표정을 지으며 고개를 숙였다.

"그게 그러니까, 제가 느낀 바로는……. 아무래도 바르테온이 저희들을 덮어씌우려는 것 같습니다."

"덮어씌우다니? 그게 무슨 소리야? 알아듣게 설명을 해야지."

"일단 보셔야 할 듯합니다. 전부 일단 한번 보셔야 제가 하는 말이 무슨 말인지 이해가 되실 것입니다."

뎅쇼는 로운에게 바르테온을 두루 안내했다.

완전 복구된 동바르테온의 모습이라던가, 드워프와 그들이 제작하고 있는 철로 된 배, 엘프가 키워 올린 살아 있는 나무 탑.

거기에 골렘들이 짓고 있는 거대한 학원 건물 등등.

당장 눈으로 보기만 해도 대단하다고 할 만한 것들이 수두룩했다.

"바르테온 영주가 신분패와 마나술로 이민자들을 대거 유입시킬 의도를 내비쳤습니다. 지금까지도 기술공들을 빼 가려고 그렇게도 혈안이었지 않습니까. 처음에는 저도 그게 뭐 되겠냐 했습니다. 그런데 이렇게 직접 와서 느끼고 나니 이게 심상치가 않습니다."

영지민들에게 마나술을 가르친다는 말은 누가 들어도 말도 안 되는 헛소리라고 치부할 일이었지만, 로운은 그럴 수가 없었다.

이미 벤자르의 훈련원에서 평민 아이들을 데려다 마나 능력자로 키워 낸 것을 알기 때문이다.

"종합학원이라는 시설도 마찬가지입니다. 방금 보셨다시피 엄청난 규모로 지어지고 있는 시설입니다. 그 안에 사람을 다 채울 정도면 대체 얼마나 많은 기술공을 목표로 하는 것이겠습니까. 귀족 대우까지 해 준다고 했으니 눈이 혹할 이들이 한둘이 아닐 것입니다."

"흐음-. 그렇기도 하긴 하겠지. 뭘 모르는 백성들이야 작위를 준다고 하면 물불 안 가릴 테니. 하지만 귀족이 귀족으로 가치 있는 것은 그만큼 희소하기 때문이지. 내 주변의 모두가 같은 귀족이라고 한다면 그게 무슨 의미가 있겠나. 바르테온에서 아주 얕은 수를 쓰는 게야."

"저도 처음에는 그렇게 생각했습니다. 무작정 귀족 작위를 남발해서 사람을 끌어모아 봐야 그걸 감당하지 못할 것이라고요. 기존의 귀족들의 반발은 차치하고서라도 그 귀족들을 유지할 재원 마련부터가 난항일 것이라 말입니다. 그런데 그것도 문제가 아닌 게 되어 버렸습니다."

결국 돈의 문제다.

기사단을 유지하는 것도, 귀족 작위를 작위답게 만들어 주는 것도 결국은 돈이다.

갖은 수를 써서 사람을 끌어모으는 것이야 어떻게든 한다

쳐도 그것을 유지하는 것 또한 결국 돈의 문제다.

더 정확하게는 식량이다.

"저는 바르테온 영주가 전쟁에서 승리하더니 시야가 좁아졌구나 생각했습니다. 그런데 공께서도 엘프가 만든 생나무 종탑을 보셨지 않습니까. 그것을 하루아침에 자라게 만든 것이었습니다. 엘프는 진짜로 식물을 자유자재로 키울 수 있는 요정들이었습니다. 한겨울에도 말입니다!"

"설마 엘프가 바르테온의 농사를 책임져 준다는 건가?"

"그럴 것입니다. 무슨 마법을 부렸는진 모르겠다만 분명한 것은 지금 바르테온의 공사를 드워프들이 대신 해 주고 있다는 것입니다. 엘프들이 농사를 대신 해 주지 말란 법이 어딨겠습니까?"

"흐음-. 마냥 쉽게 볼 건 아닌 판이군."

"뭣 모르는 백성들에게 갖은 말로 일단 유혹해서 바르테온으로 오게 만드는 겁니다. 그래서 엘프들이 키워 주는 식량으로 배를 채워 주고 드워프가 지어 주는 집을 나누어 주면 누가 싫다고 하겠습니까. 그렇게 자신의 신분을 버리고 바르테온의 신분패를 들고 다니겠지요. 그런 식으로 우리의 이름을 지워 버리려는 속셈이지 않겠습니까?"

로운은 심각한 표정으로 고개를 끄덕였다.

뎅쇼의 말이 맞았다. 직접 바르테온에 와서 보지 않았고 통신이나 서신으로만 전달받았다면 허황된 이야기를 하지 말라 했을 게 분명했다.

로운도 바르테온에서 느낀 것이 있었는데 그것은 어떠한 호의였다.

호의, 호감. 바르테온에 있는 대부분의 외지인들에게서 그러한 감정이 느껴졌다.

동맹 관계인 로살롯뿐 아니라 다른 모든 지역에서 온 이들 모두가 바르테온을 적시하고 불편해하는 감정이 없었다.

특히 숄에서 온 능력자들과 기술공들의 얼굴에 드리운 만족감은 보는 사람으로 하여금 궁금증이 들 정도였다.

대체 뭐가 얼마나 좋길래 저리 편한 얼굴을 할까.

뭐가 얼마나 좋아서 저 얼굴에 저렇게 근심 걱정이 없는 얼굴일까.

어떤 대우를 받길래 저렇게 보람차고 열심인 얼굴일까.

그것을 보고 있으니 바르테온으로 떠난 사람이 돌아오지 않겠구나 하는 불안감이 왈칵 스며들었다.

그런 느낌으로 다시금 바르테온의 정책들을 보아하니 그 의도가 명백해 보였다.

"단순 노동 이민자들에게도 거처와 일자리를 보장해 준다고 합니다. 그리고 신규 개간지 일꾼에 자원하는 자는 2년간 세금도 면해 준다고 하더군요. 신분패는 기본 제공입니다. 그러면 마나술을 그냥 배우는 것이니 누가 마다하겠습니까?"

"망조로군. 세상에 망조를 들게 할 참이야."

로운의 눈빛이 차갑게 가라앉았다.

로운은 지금 자신이 눈으로 확인한 바르테온의 일들이 단순히 솔에 대한 정복 행위를 넘어섰다고 판단했다.

귀족 작위를 남발하고 아무에게나 마나술을 가르치겠다고 하는 것부터가 지금까지의 질서를 뒤엎겠다는 것으로 인식되었기 때문이다.

"바르테온 귀족들은 이 꼴을 보고도 멈추라 할 자가 하나도 없는 모양이로구먼!"

로운은 그 칼데온마저 밀려나 외지로 잡일을 하러 다니는 판이니 더 따질 것도 없다 싶었다.

그렇다면 자신이라도 나서야겠다고 생각했다.

전쟁에서 졌을지라도 마스터로서, 또 높은 귀족으로서 곧은 소리 정돈 할 수 있다 여겼다.

로운은 그대로 영주 관저를 찾아갔다.

마침 관저의 정문이 열려 있었고 또 마침 저택의 현관문도 열려 있었다.

거기에 더해.

"모시겠습니다. 영주님은 집무실에 계십니다."

시종이 먼저 마중을 나와 있었다.

로운은 뎅쇼를 쳐다봤고 뎅쇼는 고개를 저었다.

로운은 고개를 갸웃하며 1층의 집무실로 들어갔다.

문이 탁 닫혔다.

"먼 길 오셨소."

카일이 자리를 권하며 로운을 맞이했다.

로운은 그 순간 흐릿해졌었던 그때의 그 감각을 떠올렸다.

자신의 평생 공부를 단숨에 따라잡았던 카일의 모습을 보았을 때 말이다.

"이왕 올 것이었으면 며칠 당겨서 오지 그러셨소? 볼거리가 많았는데."

"다 알고 있던 게냐?"

"무엇을 말이오?"

"내가 오는 것을 알고 준비를 해 뒀냐는 게다."

"내 집에 큰 손님이 왔는데 집주인으로서 그 정도는 알고 있어야 하지 않겠소? 질문이 많아 보이는데 그만 서 있고 앉으시오."

로운이 카일의 맞은편에 앉았다.

"뎅쇼가 하도 호들갑을 떨길래 무슨 일인가 했지. 그런데 직접 와서 보니 아주 거나하게 일을 치르고 있더구나."

"너무 훈계하는 듯한 어투는 좀 삼가했으면 좋겠소만."

"푸하하하하. 오냐. 그래, 네 녀석이 이 루카시스의 최강자이지! 누가 그것을 부정할까! 하지만 그렇기에 거꾸로 세상을 망하게 할 수도 있는 거다. 아무도 너를 막을 수가 없으니까!"

"세상을 망하게 한다니, 나는 그저 영주로서 영주의 일을 하고 있을 뿐이오."

"온갖 미끼로 무지몽매한 우민들을 속이는 것? 그들이 바르테온에 충성하게 하는것? 그것이 영주의 일이라는 것이지? 차라리 정복을 하지 그랬냐. 네 힘이라면 충분히 가능했을 것인데, 무슨 허영을 떤다고 일을 이렇게 꼬아?"

"허영이 아니라 신념이오. 그리고 정복이 아니라 번영이고."

자신의 감정을 있는 그대로 분출하는 로운에 대해 카일은 일관적인 침착함을 유지했다.

뎅쇼가 로운과 통신한 내용을 보고받은 그 순간부터 이런 그림을 예상했었다.

"마구잡이로 마나술을 가리키고 마구잡이로 귀족을 만들어서 뭘 어쩌겠다는 것이냐? 마나술과 귀족 작위가 단순히 돈 있고 기술 있다고 되는 건 줄 아느냐? 그보다 더한 책임감과 자기 절제가 있어야 하는 것이다. 그런 책임이 없는 무지렁이들을 낚아 보겠다고 권리만 내려 주면 기존에 있던 귀족들까지 혼탁해지게 된다. 어떻게 이종족 좀 꿰어 내었다고 일을 너무 크게 벌였어!"

신분제가 혼탁해지면서 기존의 질서가 무너질 거란 말.

결국 기득권을 가지고 있는 이가 하는 뻔한 자기중심적인 사고방식일 뿐이었다.

하지만 그것에 대고 너희의 세상이 무너지는 것일 뿐 이 세상 자체가 무너지는 건 아니라고 윽박을 지르는 것은 마땅치가 않다.

로운이 숄이란 소 떼의 우두머리이기 때문이다.

우두머리 하나만 방향을 틀게 만들면 그 뒤를 따르는 무리도 전부 방향이 틀어지게 된다.

현재는 숄의 인력을 밑에서부터 야금야금 하나씩 낚아 오고 있는 상황인데, 지금 로운만 잘 엮어 내면 무리 전체를 후르륵 낚아 올 수가 있다.

이런 기회를 귀찮다고 대충 쫓아낼 수야 없잖나.

'안심이 가장 필요하겠지. 자신의 세상이 무너지지 않을 거는 안심. 내가 굳이 그것을 허물지 않는다는 믿음. 그게 필요한 것이지?'

카일은 로운의 속이 빤히 보였다. 그가 호들갑을 떠는 이유도 너무 빤한 것이었고 말이다.

"당신이 무슨 걱정을 하고 있는지는 너무도 잘 알고 있소. 그리고 지루한 주제이기도 하고."

"지루하다니?"

"나의 신하들은 당신이 하는 생각을 하지 못했을 성싶소? 내가 당신이 하는 유의 말을 몇 번이나 들었을 것 같냔 말이오."

"이미 간언을 들었다고 하는 것 같은데, 그게 무슨 소용이냐. 지금 상황이 이 모양인데!"

"그럼 들어 보시오. 왜 다들 나의 뜻에 전심으로 따르는지. 들어 보고 판단하란 말이오."

카일은 그렇게 준비한 이야기를 찬찬히 풀어냈다.

그리고 카일의 이야기가 다 끝났을 때, 로운은 깊은 고뇌에 빠져 아무 말도 하지 못하게 되었다.

3장

끼이이익— 탁.

집무실 방문이 닫혔다.

로운은 여전히 허탈한 표정이었다.

"말씀은 잘 나누신 것입니까? 어찌 되신 것입니까?"

뎅쇼의 채근에도 로운의 표정은 변하지 않았다. 자꾸 보채면 화라도 내야 하는데 그런 것도 없었다.

로운은 그대로 걸어 관저 밖으로 나가 높은 곳을 찾았다.

카일의 동상이 보였다. 로운은 그 동상의 머리꼭지 위에 올라섰다. 그러곤 로펨의 궁사다운 시력으로 온 바르테온을 굽어보았다.

여러 가지 얼굴들이 보였지만, 그중에서도 로운의 눈길을 사로잡은 것은 어린아이들의 눈이었다.

　로운은 평소에도 어른의 몫은 어디까지나 어른의 몫이라고 생각했었다.

　아이들이 그런 어른의 몫을 알 필요도 없게 하는 것까지도 어른의 책임이라고도 말했었다.

　그가 가진 후손을 위해서 더 좋은 세상을 물려주어야 한다는 생각은 그만의 신념에 가까운 것이었다.

　"밝구먼. 밝아."

　어린아이는 주변 상황에 여지없이 휘둘릴 수밖에 없다. 어린아이들이 근심 없이 웃으며 뛰어노는 곳이 나쁜 곳일 수가 없는 일이다.

　로운은 전쟁에서 졌을 때보다 지금 이 순간, 더 큰 패배감에 몸을 떨어야 했다.

　"게리울 공, 아무리 로펨의 최고 귀족분이라 하셔도 영주님의 동상 위에 올라가시는 건 묵인할 수 없는 불경입니다! 내려오셔서 마땅한 처벌을 받으시길 권장드립니다!"

　지상에서 카랑카랑한 청년 기사의 목소리가 울렸다.

　로운은 그 청년 기사의 모든 언행에서 끝없는 자부심을 느낄 수 있었다.

　그럴 만도 하겠지.

　전쟁에서 이겼으니까.

　그리고 그 덕에 이렇게 마스터에게 처벌을 운운하며 명령을 내리고 있으니까.

그렇게 생각이 들었다.

그런데 그 뒤에 꼬리를 물고 드는 생각이 있었다.

대체 왜 불만이 없을까.

카일이 이런 말단 기사까지 이해를 시킨 것은 아닐 텐데, 이 기사는 자신의 가치가 곤두박질칠 정책이 공표되었고 실질적으로 시행되고 있음에도 왜 한 톨의 불만도 없을까.

어쩜 저렇게 자긍심과 자부심으로 반짝거릴까.

"게리울 공, 권고에 응하지 않으시면 친위단에 보고할 수밖에 없습니다! 내려오십시오!"

청년 기사가 다시 또랑또랑한 목소리로 외쳤다.

로운은 훌쩍 뛰어 그 기사 앞에 가볍게 착지했다.

"마땅한 벌을 받으라 했지?"

로운이 두 손을 모아 앞으로 내밀었다. 포박을 하란 뜻이었다.

옆에 있던 뎅쇼는 그 모습을 보고만 있어야 했다.

"어떤 벌을 받으면 되겠나?"

"게리울 공께서는 영주님께서 선정하신 특별 귀빈이신 만큼, 일반적인 영주모독죄로 처벌되진 않을 것이라 생각합니다. 하지만 죄는 죄이니 추국장으로 이송하도록 하겠습니다."

기사가 밧줄로 로운의 손을 묶으려 했다.

그때 로운이 갑자기 기사의 어깨를 움켜쥐었다.

그의 완력이라면 가죽 갑옷쯤은 신경 쓰지 않고 어깨를 통째로 뜯어낼 수 있었다.

"내가 자네의 불경을 죄 삼는다면 어쩌겠나?"

로운은 살기로 위협하면서 그리 말했다.

"그것과 별개로 게리올 공께서 바르테온의 율법을 어긴 것은 사실입니다. 그 처벌에 대한 논의는 받으셔야 합니다."

"자네 목줄을 비튼다고 해도?"

"그러면 바르테온 율법에 제 목숨값만큼 무게가 더해질 테니 영광스러운 일입니다."

"뭐라? 푸하! 푸하하하하하하!"

로운은 허리를 젖혀 가며 웃었다.

그러자니 기사의 어깨를 잡은 손이 떨어질 수밖에 없었다.

"융통성이라고는 눈곱만치도 없구먼. 지금 네 경솔한 행동 때문에 마스터의 심기를 건드린 것이다. 이게 어떤 정치적 문제로 비화할지 가늠치 못하는 것이냐?"

"영주님께서 법은 지켜야 하기에 법이라고 하셨습니다. 법에도 온정이 있기는 하지만 그것 역시 재판장에서 따질 문제라고 하셨습니다. 일선 기사들은 그런 것에 연연하지 말라, 곧은 집행을 하여 모든 이들이 법을 신뢰할 수 있게 하라고 말씀 주셨습니다."

"이런 염병할 거, 뭐 하나 틀린 말이 있어야지!"

로은은 다시 양손을 내밀었다.

"뭐 하고 있느냐. 냉큼 묶지 않고."

기사는 거리낌 없이 로운을 양손을 묶었다. 그리고 그것에서 멈추지 않고 허리를 지나 목에까지 밧줄을 감았다.

포박을 위해서가 아니라 그것이 혐의의 경중을 나타내는 묶기 방식이었기 때문이다.

뎅쇼는 로운이 뜨거운 시선으로 간섭하지 말라 했기에 그 모든 과정을 옆에서 보고 있었음에도 끼어들 수가 없었다.

로운은 기사의 밧줄에 연결되어 방금 빠져나온 영주 관저로 다시 이동했다.

"이봐, 듣자하니 바르테온 영주가 귀족들을 마구 늘린다고 하던데? 평민들에게도 마나술을 배포한다고 하고."

"예, 영주님께서는 결정하신 것은 반드시 이루시는 실행력이 있으시니 그 또한 필히 그렇게 될 거라고 생각합니다."

"그런데 왜 불만을 가지지 않나? 보아하니 3서클 정도 실력 같은데, 마나술이 배포되고 나면 평민들 중에도 재능 있는 자는 3서클, 4서클도 가능할 게야. 그러면 자네가 지금 자리를 유지할 수 있을 것 같은가? 이대로 잘 성장하면 기사단장도 한번 노려 봄 직하지만, 상황이 그리되면 영영 물 건너가는 것이지."

"공께선 영주님의 마나술을 어찌 아시고 그리 말씀하십니까?"

"그 마나술 자체가 우리 솔 연합에서 전리품으로 획득한 것이니 잘 알지."

"그렇군요."

젊은 기사는 잠시 수심에 젖은 얼굴이 되었다가 이내 금방 본래의 자부심 넘치는 기운으로 돌아왔다.

"알아듣게 설명해 줘도 사태 파악이 안 되나?"

"잠시 아쉬울 수는 있으나 그 마음이 오래가지는 않습니다."

"수양이 되었다는 것이냐?"

"영주님께서는 우리 영지의 아버지입니다. 아버지께서 좋은 것을 얻어 어린 동생에게 먼저 주었기로서니 형이 되어 시기하고 질투할 것은 아니지 않습니까."

로운은 내심 감탄했다. 그가 말한 개념이 귀족으로서의 책임감과 같은 맥락이었기 때문이다.

아무리 책임감 높은 인물도 자신의 밥그릇에 수저가 들어오면 민감하게 반응하기 마련인데, 전혀 그런 기색이 없었다.

"그리고 우리 영주님께선 어느 누구 하나 편애하시는 아버지도 아니고 우는 아이만 더 챙기는 아버지도 아닙니다. 영지민들을 먼저 챙겨 주신 만큼 기사들을 위해서도 분명 준비하신 게 있으실 겁니다."

로운은 기사의 어투에서 카일을 향한 무지막지한 신뢰와

믿음을 느꼈다.

이것은 작위와 봉토를 하사한다고 만들어지는 성질의 것이 아니다.

경험적으로 인지되어야 하는 것이다.

로운은 지금까지 이러한 경우가 한두 번이 아니었고, 그때마다 카일은 아쉽고 억울한 이들 없이 조치해 왔음을 깨달았다.

'미쳐 버리겠군. 이러면 진짜 외통수 아닌가.'

이제 나오는 것은 웃음밖에 없었다.

로운은 다른 질문 없이 추국장으로 따라갔다. 그곳에서 바닥이 축축한 감옥 안에 갇혔다.

중범죄인 영주모독죄의 죄인에게 어울리는 아주 열악한 감옥이었다.

"그럼 저는 영주님께 보고하도록 하겠습니다."

기사가 나갔다. 잠시 후 뎅쇼가 들어왔다.

"괜찮으십니까? 왜 순순히 포박을 받으셨습니까?"

"맞는 말만 골라 하는데 이 나이 먹고 억지를 부릴 순 없잖나."

집무실에서 막 나왔을 때 로운의 표정은 뭔가 모를 상태였는데 지금은 오히려 뭔가 홀가분해진 얼굴이었다.

"그런데 정말 괜찮으십니까?"

로운은 손을 휘휘 저었다.

"내가 그랬지. 책임감 모르는 무지렁이들이 귀족이 되면 그 혼탁함이 진짜 귀족들에게 옮겨 갈 것이라고. 질서가 무너질 거라 말이야."

로운은 별안간 카일에게 자신이 설득당한 이야기를 시작했다.

어떠한 정리가 끝났기 때문이다.

"그런데 왜 평민 출신 귀족과 기존의 귀족이 같은 귀족이냐 되묻더라 이거야. 평민들이 귀족으로 발전하는 만큼, 기존의 귀족들은 귀족 이상의 귀족으로 발전할 수도 있는 것 아니냐고 말이야. 어이가 없는 소리였지."

"말장난에 가까운 괴변인 것 같습니다. 면피용이었지 않을까요?"

"그런데 방금 본 저 기사는 자신이 그렇게 될 거라고 철석같이 믿고 있더군. 바르테온 영주는 이미 그렇게 만들었던 것이네."

로운의 심상찮은 어투에 뎅쇼는 침을 꼴깍 삼켰다.

"그래서 내가 그랬어. 인구 비율상 귀족이 너무 많아지면 결국 사회가 무너지게 될 것이라고. 그랬더니 이번에는 왜 인구 증가를 고려하지 못하냐고 하더군."

"바르테온의 이민자로 늘어나는 인구 증가를 말하는 겁니까? 완전히 자기중심적인 사고방식이지 않습니까."

"자기중심적인 건 맞지만 이민자만 놓고 말한 건 아니었네.”

“그럼 달리 또 뭐가 있는 것입니까?”

“자네나 나나 별반 다를 것도 없구먼. 나도 자네랑 똑같이 물었지. 그랬더니 출생률이 올라가고 영아 사망률이 줄어든다 하더군. 바르테온은 의복 제작 기술과 엘프의 식물 생장술, 오브 건축술로 인해 의식주를 걱정하지 않게 될 것이고 의술과 연금술을 통해 외상과 질병으로 인한 사망률을 줄일 것이라고. 그러면 전체적인 인구 자체가 증가한다고. 내가 이 이야기까지 듣고 얼이 빠져 버렸지.”

로운은 너털웃음을 지어 버렸다.

사람이 죽지 않으면 인구가 늘어나는 것은 당연했다.

그리고 귀족의 수가 평민들의 수보다 적으니 같은 비율로 늘어난다 치면 절대적인 숫자는 평민이 훨씬 많이 늘어난다.

지금 귀족의 비율을 조금 과하게 늘려 놓는다고 해도 인구가 한번 폭발적으로 증가하고 나면 그 비율이 얼추 맞춰진다는 것이다.

인구를 늘려서 귀족 대 평민 비율을 맞추겠다는 것은 정말 생각지 못했던 것이었다.

그리고 그때 로운은 한 가지 변수에 대한 생각을 떠올렸다.

바로 전쟁이었다.

전쟁이 일어나서 수많은 사람이 죽고, 기반 시설에 피해를 입으면 지금 계획은 다 의미 없는 것 아니냐고, 그리 물었다.

사실 지금 다시 생각하면 다분히 억지스러운 주장이었다.

그리고 그 억지스러운 주장에 대해 카일은, 자신이 전쟁에서 질 것 같으냐는 아주 자신만만한 대답을 내놓았다.

그나마 다행인 것은, 그 답에 대해서 승리를 하더라도 피해는 보지 않겠냐는 구차한 말꼬리 잡기까지는 하지 않았다는 점이었다.

"그 말을 듣는 중에도 자네가 느꼈다고 한 그 느낌이 계속해서 들더군. 그리고 다시 나와 바르테온을 훑어보고 반쯤 확신했네. 바르테온을 방문한 사람들이 이 땅을 좋아하고 있구나 하는 것을 말이야. 사실 나부터도 그랬어. 어린아이들이 구김 없는 얼굴로 뛰어다니는 모습을 보니 그게 참 좋더라 이거야. 우리 솔에서는 어딜 가도 밝게 웃는 아이를 본 게 참으로 오래되었잖나."

"그것은 오랜 전쟁 준비 탓에 어쩔 수 없는 부분이었다고 생각합니다."

"탓하자는 건 아니야. 그냥 앞에 있는 것을 따져 보자는 것이지. 우리가 최선을 다하면 로펨의 아이들도 여기 꼬마들처럼 해맑은 웃음을 지을 수 있게 할 수 있겠나?"

"못 할 게 뭐 있겠습니까? 공께서 두 팔 걷고 나서 주신다면 로펨의 모든 귀족들이 성심으로 따를 것입니다."

"그야 그렇겠지. 그것이야 그럴 것이네만……. 문제는 우

리는 전쟁에서 졌고, 바르테온 총독관의 감시와 지시를 받는
다는 조건이 하나 더 붙는다는 것이지. 그리고 바르테온에서
는 자꾸 사람을 빼 가고 말이야. 하하하하.”

“그런 조건이라면…… 난이도가 높기는 한 것 같습니다.”

“불가! 불가능하지. 절대 불가능해. 지금의 바르테온을 죽
이지 않으면 절대 불가능하단 말이야.”

로운은 확정적으로 단언했다.

“지금 그 말이 잘못을 범해 끌려온 사람 입에서 나올 말은
아닌 것 같소만.”

그때 카일이 감옥으로 들어왔다. 뎅쇼가 먼저 예를 취
했다.

“내가 잘못 들은 게 아니라면 바르테온을 죽이겠다고 했던
것 같은데, 맞소?”

“틀렸다. 단어만 듣고 그 속뜻을 호도하지 마라.”

“그럼 본뜻은 무엇이오?”

“투항하겠다는 뜻이다!”

카일의 고저 없는 어투의 질문에, 로운은 목을 내놓는 심
정으로 답했다.

“투항이라 하였소? 문맥에 맞는 말인가 모르겠군.”

“결정한 것을 말한 것이다. 나는 투항을 희망한다. 너의
신하가 되겠다. 그리고 그것으로 내 책임을 다하겠다.”

“당신의 책임이 무엇이오?”

"어른으로서의 책임이다. 아이들은 죄가 없어. 어른들의 선택에 휘둘린 것뿐이지. 흘리지 않아도 될 피 또한 너무 많이 흘렸고, 받지 않아도 될 고통 또한 너무 많이 받았어. 다 어른의 탓이다."

"당신을 나에게 팔아 로펨의 아이들을 구하겠다는 것이오?"

"그렇다."

로운은 처음부터 이랬던 사람이다.

고원에서 보았을 때도 자신의 목을 내줄 테니 멋모르는 아이들은 살려 달라 했었다.

카일은 그것을 기억하고 있다. 현재 로운의 투항은 서사에 맞는 행동이다.

다른 생체반응을 보아도 거짓말을 하는 느낌은 아니었다.

"종합학원이라는 시설을 보았다. 이 세상의 모든 지식을 모아 놓은 곳이라더군. 내가 그곳에서 궁술의 지식을 담당하겠다. 군침 도는 제안 아니냐."

"당신의 기술이라면 이미 나에게 모두 있소만."

"다른 원하는 것이 더 있으면 그리 말장난하지 말고 그냥 더 가져오라 말해라. 따를 수 있는 것이라면 따르겠다."

"그러한가?"

"그렇다."

"그러면 우선 그 말투부터 어떻게 했으면 좋겠소."

"알겠습니다. 말을 높이지요."

로운은 괜한 힘겨루기 따위 하지 않고 바로 고개를 숙이며 말을 높였다.

분명한 확신으로 확고한 결심을 끝냈기 때문이다.

"좋은 자세요."

카일은 직접 감옥 문을 열어 줬다.

"순서가 빨랐소. 눈치도 빨랐지. 나는 이런 부분에서 충분한 우대가 필요하다고 생각하오. 시간을 줄 테니 다른 이들과 논의 후에 찾아오시오. 자세한 조율은 그때 합시다."

카일은 먼저 자리를 비웠다.

'투항이라니. 이건 솔직히 예상을 못 했는데.'

입꼬리가 씰룩 올라가는 일이다.

로운과 대담을 할 때부터 그를 낚아 오려는 마음이 크긴 했다.

그런데 그 결과에서 투항까지 기대한 것은 아니었다.

투항은 이민과는 다르다.

신하로 들어오겠다는 것이다.

이러면 환호성을 질러도 될 일이다.

로운의 말처럼 종합학원엔 궁술 카테고리가 없다. 그리고 바르테온의 병과에도 궁사가 없다.

로운이 합류하면 바르테온의 큰 축이 되어 줄 것이다.

당연히 환영할 일이다.

카일은 로운과의 협상에 대한 생각을 우선 정리해 두었다.

그 이후 보고 있던 집무를 이어서 보던 중, 로운이 찾아왔다.

"다른 이들은? 혼자 오셨소?"

"모든 결정권을 가지고 왔으니 나중에 뒷말 나올 일 없을 겁니다."

"좋소. 앉으시오."

로운은 냉큼 자리에 앉았다. 카일은 그의 맞은편 소파 자리에 가지 않고 집무 의자에 앉은 채 말을 이었다.

"원하는 바를 말하시오."

"로펨에 대한 인력 모집을 중지해 주십시오."

"불합리하오."

"불합리요? 불가한 것과 다른 개념입니까?"

"공의 그러한 조건은 기술공들의 기회를 빼앗는 것이오. 나는 그들에게 똑같은 기회를 줄 것이오."

"자애로운 마음이라도 흉내 내는 겁니까? 그러한 마음은 로펨의 영주가 할 일이지 바르테온의 영주가 할 일은 아니지 않습니까."

"공이 나에게 투항하는 것으로 로펨의 울타리는 사라진 것이나 다름없소. 내가 로펨의 영주를 자청한다 하여도 막을 이는 없소."

"내가 먼저 그렇게 숙이고 들어갔는데 이렇게까지 고압적인 태도를 보이는 것입니까?"

"공은 자신의 처지를 망각하지 마시오. 신하에게 보일 수 있는 당연한 태도요."

카일은 단호히 말했다. 별것 없는 것으로 휘둘릴 생각은 없다.

이렇게 기회가 왔으니 최대한 일을 진행시킬 생각이다.

달리 할 일이 많아서 말이다.

"끄으응-. 이럴 거면 왜 들어줄 것처럼 논의를 하고 오라고 한 것입니까?"

"말 그대로 들어줄 수 있는 것은 들어주려 한 것이오. 공은 아이들에게 책임을 다한다고 했소. 기술공들은 아이들이 아니오. 아이들과 연관된 것을 말해 보시오."

"하! 좋습니다. 그러면 로펨의 아이들 전부에게 묻지도 따지지도 말고 신분패를 발급해 주십시오."

로운은 어디 받아 보라는 듯이 조건을 던졌다.

그런데 카일은 놀란 기색 하나 없었다.

"그렇게 하겠소. 단 신분패를 받은 이상 바르테온으로 적을 옮기고 바르테온에서 생활해야 하오."

"아이들만 바르테온으로 옮기라는 것입니까? 다 알 만한 사람이 왜 이렇게 비겁하게 수를 쓰십니까?"

"비겁하다니. 공이 중하게 여기는 것에서 그런 야비한 수를 쓸 생각은 없소. 신분패를 받은 아이들의 부모들도 이민자 권한을 주겠소. 이민자로 들어온다면 집과 일자리를 제공하겠소."

"보십시오 영주님, 그건 너무 허황되지 않습니까. 그 수가 아무리 적다고 해도 족히 수만 명은 될 것인데 바르테온에서 그 수를 다 감당할 수 있다는 것입니까?"

"어차피 한번에 처리되지 못하오. 시간을 가지고 단계적으로 진행할 일이오. 반년 정도 기간을 두고 하면 충분할 것이오."

로운은 눈을 껌뻑였다. 이 여유가 이해가 되지 않았다.

지금 모든 상황이 즉흥적인 것이 아니었던가?

설마 여기까지도 계획이 있었던 것인가?

그런 의문이 들었다.

"어디까지 생각하고 있었던 것입니까?"

"어디까지라―."

"솔에 대해서 말입니다. 대체 뭘 어떻게, 어디까지 생각하고 있었습니까? 처음부터 어디까지 할 생각이었냔 말입니다."

카일은 후훗 웃었다.

존대를 하곤 있지만 그의 태도는 신하의 것이라 할 수 없었다.

뭐, 충성스러운 신하는 바랄 수 없겠지.

그렇다면 최소한 두려움을 아는 신하는 되어야 할 것이다.

"대답을 해 줄 순 있소만, 듣고 나면 그에 따르는 책임도 부과될 것이오. 말해 드리오?"

"듣겠습니다."

"나는 숄의 인구 대부분을 바르테온으로 이주시킬 생각이오. 그래서 궁극적으로 숄을 빈 땅으로 만들 것이오."

"그렇게까지 악에 받쳤습니까? 그렇게까지!"

"딱히 앙금이 남아서 그러는 것은 아니오. 단지 내 신하들과 한 약속을 지키려는 것일 뿐이지. 그리고 공도 그런 낌새를 느껴서 이렇게 투항을 한 것일 테니 나를 비난하는 태도는 삼가시오."

카일의 경고에 로운은 입을 닫았다.

"또한 이는 아무도 모르는 극비 사항이오. 내 스승님에게 조차 공유하지 않았소. 공이 유일하오. 이 사실이 누설된다면 공이 입 밖에 냈다는 결론이오. 그러니 입단속 잘하시오. 발설될 경우 이적죄로 처벌하겠소."

"이적죄까지 갈 일입니까?"

"아직 낙원단이 남아 있어서 말이오. 하하하."

"낙원단이요?"

로운이 눈을 부릅떴다. 낙원단에 대한 것은 생각도 안 하고 있었다.

"설마 나를 낙원단으로 의심하는 겁니까?"

"공이 낙원단이었으면 내가 이렇게 대화를 하고 있지 않았을 것이오. 지금까지 살려 두지도 않았지. 기회를 주기에는 너무 위험한 인물이니."

카일의 경고에 로운은 입술을 꾹 다물었다.

카일의 기도가 전과는 또 달라져 있었다.

은연중에 뿜어내는 기운만으로도 압도되는 느낌에서 벗어날 수가 없었다.

로운은 실력 행사로는 절대 카일을 이겨 낼 수 없다는 것을 사실로 받아들일 수밖에 없었다.

"자, 받으시오. 공의 신분패요."

로운은 자신도 모르게 두 손으로 신분패를 받았다.

"공은 앞으로 종합학원의 궁술학회를 이끌어 주시오. 먼저 언급한 만큼 최선을 다해 줄 것이라 믿겠소."

"알겠습니다. 영주님께서 최선을 다해 주시는 만큼 저 또한 최선을 다하겠습니다. 그러면 아이들에 대한 신분패 지급과 이민에 대한 것은 어떻게 진행되는 것입니까?"

"그 부분은 로살롯에 일임하겠소. 향후 로살롯의 지시를 받도록 하시오."

로운은 카일의 말에서 바르테온 내에서 로살롯의 지위가 매우 높다는 것을 눈치챘다.

물론 동맹관계이니 높은 것이 당연하다고 볼 수도 있지만 말하는 것을 보면 거의 대리인을 대하듯이 하는 투였다.

'바르테온에서 아무리 신분패로 같은 권리를 보장한다고

한들, 출신별로 급이 나뉘게 될 수밖에 없을 거다. 안 할 거면 모르되, 할 것이라면 단번에 자리를 잡는 게 옳다.'

"흐음-. 알겠습니다. 일단 따르겠습니다. 그리고 이왕 말씀드리는 것, 하나 더 말씀드려도 되겠습니까?"

"하시오."

"이러니저러니 시간 끌지 말고 그냥 영지민들을 통째로 전부 옮기는 것은 어떻습니까? 바르테온성 옆으로 확장을 해서 말입니다."

한 번에 수많은 사람이 한 덩어리로 들어오면 그들만의 물리적인 영역이 생기게 된다.

바르테온 땅 위에 있다고 한들, 로펨의 생활상이 희석되지 않을 것이다.

"그리되면 로페미안으로서의 정체성을 확고히 지킬 수 있을 테지만 그만큼 바르테안과 융화되지 못할 것이오. 아무리 신분패로 권리가 보장받는다고 한들 사람들의 인식에서 나오는 차별까지 막을 수는 없소."

"안 된다고는 하지 않으시는군요."

"그게 관리하기 편하니 나에게는 딱히 해가 되는 일이 아니오. 판단은 공이 하시오."

"생각할 시간을 주면 따르지 않는 이들이 많아질 것 같습니다. 우선은 단체 이주로 방향을 잡겠습니다."

"알겠소. 그러면 부지는 남문 밖으로 정해 두겠소. 거리를 좀 두겠다고 하면 남부 개간지로 가도 좋소."

"아닙니다. 영주님 말씀을 들어 보니 물리적인 거리가 너무 멀면 안 될 것 같습니다."

"그것은 편한 대로 하시오. 시작을 어디서 하든 어느 정도는 섞이는 게 나을 것이오."

"예. 그 점은 염두에 두겠습니다."

카일이 고개를 끄덕였다. 이제 그만 나가란 뜻이다.

"이와 같은 사항을 협정문 같은 것으로 작성하지는 않습니까?"

"협정문은 이행되지 않는 사항에 대한 대비로 작성하는 것이오."

"이행되지 않을 리가 없다는 뜻……입니까?"

"그렇소."

"영주님은 그렇다 해도 저는 문서로써 보장을 받을 수 있지 않습니까."

"흐음─. 자꾸 그렇게 선을 넘기면 물리적인 질책이 들어갈 수밖에 없소. 신하를 자청했음을 망각하지 마시오."

카일은 로운을 한번 잡아 둘까 하는 생각이 들었다만, 다음으로 미루기로 했다.

지금 로운과의 일정은 갑작스러운 이벤트라, 다른 일정들이 밀리는 중이라서 말이다.

"가서 일 보시오. 바쁘오."

"흠흠. 예. 알겠습니다."

카일의 노골적인 축객령에 로운은 집무실을 나올 수밖에 없었다.

저택 현관을 나오고 나니 뭔가 맥이 쭉 빠지는 기분이었다.

'내가 지금 맞게 한 것인가? 뭐에 홀린 것은 아닌가?'

그런 생각이 머릿속에 엄습했다.

"칸! 칸! 너어—! 이리 안 와! 또 어디 가!"

그때 천진한 목소리가 귀에 걸렸다.

어린 시녀가 고기 바구니를 들고 칸의 꼬리를 잡아채는 중이었다.

로운도 저 커다란 말이 영주의 말인 것을 잘 알고 있다.

"너어! 자꾸 나 골탕 먹이면 맛없는 부위만 골라서 줄 거야!"

어린 시녀가 영주의 말의 갈기를 휙휙 잡아채며 나무랐다.

말도 안 되는 불경이었다. 그런데 아무도 그것을 뭐라 하지 않았고 그 시녀도 다른 사람을 의식하지 않았다.

"로제, 그거 빨리 먹이고 영주님 간식 챙겨 드리자! 요즘 바깥일 많이 하시는데 오늘은 식사도 부실하게 하셨잖아!"

"네, 언니! 금방 갈게요!"

어린 시녀에게서도 기분 좋은 미소가 가득했다. 아니, 단순히 기분 좋은 것을 넘어 행복해 보일 정도였다.

일을 하는데 행복해하는 시녀라니.

딱히 그 어린 시녀만 그런 것도 아니었다. 다른 시녀, 시종 들도 얼굴에 그늘이 없었다.

그들은 좋은 옷감으로 맵시 있게 만들어진 옷을 입고 품질 좋은 구두를 신었다.

가슴에는 자수로 이름이 새겨진 명찰이 붙어 있다.

'적에게는 악귀 같아도 자기 새끼들은 정말 알뜰히 챙기는구나.'

로운은 시녀들의 미소에서 자신의 선택이 틀리지 않았다는 위안을 얻었다.

"좋은 그늘이기는 하지. 그래, 분명 좋은 그늘이다."

카일이 있는 자리를 힐끗 돌아본 그는 다시 앞으로 걸어 나갔다.

4장

"이번엔 몸 비틀어 공중 2회전을 해 보겠습니다. 몸의 중심을 골반에 두고 바깥다리를 높게 들어 줘야 자세가 이쁘게 나온답니다."

리사가 먼저 몸을 띄워 시범을 보였다.

영애들은 하나같이 날카로운 시선으로 리사의 움직임에 집중했다.

"자, 한번 해 보실까요?"

"너, 그 어려운 동작을 한 번 보고 따라 하라고 하니? 몇 번 더 뛰어 보렴."

얼음장 같은 목소리였다.

'하여튼 살쾡이 같은 것들.'

"네, 아가씨~. 그럼 몇 번 더 시범을 보여 드리겠습니다."

리사는 생긋 웃으며 같은 점프를 반복했다.

영애들은 별다른 연습 없이 그 동작을 금방 따라 했다.

마나술이 있고 배틀스텝까지 수련한 이력이 있으니 그 정도 공중 돌기가 어려울 리가 없었다.

"역시 금방 터득하시네요. 오늘은 여기까지만 하겠습니다. 지금까지 익힌 점프들을 전부 다 연결 지어 연속으로 해내는 정도가 되면 그때부턴 박자에 맞추는 법과 감정 연기를 하는 법을 수업하겠습니다. 모두 수고하셨습니다~."

리사는 공손하고 나긋한 언행으로 영애들을 배웅했다.

영애들이 극장을 나갔다.

"후우. 하나같이 기운이 왜 이렇게 세. 진 빠지네 진짜."

수업을 끝낸 리사는 푸후 한숨을 내쉬었다.

무희를 지망한다고 찾아온 영애들은 능력이고 배경이고 하나같이 상대하기 버거운 이들이었다.

더욱이 성격들이 다들 보통이 아니라서 조금만 뭐가 거슬린다 싶으면 여지없이 지적을 해 대서 정말 힘들었다.

성질 같아서야 하루에도 열두 번도 더 때려치우고 싶었지만 이 임무를 준 사람이 일 잘하는 사람을 좋아하는 바로 그 사람이라 그럴 수가 없었다.

"수석님, 단장님께서 찾으세요. 전체 소집입니다."

"나 수업하는 거 모르신대? 웬 호출?"

"일부러 수석님 수업 끝나는 시간에 맞춰 호출하신 거예요."

"하휴-. 이왕 좀 생각해 주시는 거 쉬는 시간도 좀 같이 생각해 주시지."

리사는 피곤한 몸을 이끌고 단장에게 갔다.

단원 중 절반가량이 모여 있었다.

전부 자신의 단을 꾸리기로 결정되어 있는 인물들이었다.

"자, 이제 리사까지 왔으니 공지를 전파하겠다. 다들 주목해라."

갤리언은 행정관에게 전달받은 확인증을 꺼냈다.

"극단 등록에 대한 절차는 끝났다. 극단마다 이 확인증을 가지고 가면 지원금을 내어주신다고 하셨다."

"오오-! 벌써 돈이 나오는 겁니까?"

"얼마까지 나온다고 합니까? 그래도 10골드 정도는 나오는 것이죠?"

10골드면 하역장 일꾼의 세 달 치 수입 정도 된다.

그 정도 돈이면 배우 다섯이 하는 작은 무대를 꾸미는 데 부족하지 않다.

"극단당 300골드 정도 지원한다고 했다."

"예에-!"

"300골드요? 30골드도 아니고 300골드요?"

단원들이 전부 혀를 빼물며 비명을 질렀다.

"설마 극장 건설비까지 포함되어 있는 금액입니까? 300골드라뇨. 말도 안 되는 금액인데……."

"많아야 열 명짜리 공연인데 무슨 300골드나 지원을 해 준답니까? 이거 무슨 다른 꿍꿍이 있는 것 아닙니까?"

"정말 300골드가 맞습니까? 정말 300골드요?"

"그렇다. 분명 300골드라고 들었다."

"미쳤네. 미쳤어. 바르테온에 그렇게 돈이 많았습니까?"

"그게 다 우리 영지에서 빼앗아 간 돈이잖아."

"그 돈은 전후 복구하는 데 썼겠지. 이번 축제 때도 돈 안 아끼고 엄청 푸는 것 같던데. 300골드에 50개 극단이면 얼마야, 그게. 계산도 안 되네."

"단장님, 이거 진짜 이상합니다. 그거 빚으로 지우는 거 아닙니까? 아무리 그래도 그렇지 바르테온에서 저희한테 300골드씩 지원을 해 준다는 게 말이 안 되지 않습니까."

"나도 처음엔 그렇게 생각했다. 그런데 여러 조건과 상황을 고려해 보면 마냥 의심만 할 건 아닌 것 같다."

극단마다 300골드나 되는 큰돈을 지원하는 것엔 연극 연출 비용뿐 아니라 극단 유지비, 배우 양성비까지 포함되는 금액이었다.

즉, 이번에 지원금을 받는 극단들은 의무적으로 신규 배우를 양성해야 하는 책임이 주어지는 것이다.

"그러니까 단발성 무대 연출비가 아닌 거다."

"그렇다고 해도 큰돈인 건 맞지 않습니까? 당장 얼마 만에 결과를 내놓으라고 할지 부담스럽습니다."

"그리고 이번에 드워프와의 거래에서 엄청난 이득을 보고 있는 것 같았다. 여하튼 바르테온에 돈이 많다는 거다."

"우와. 진짜 영주님께서 진심으로 연극을 키울 생각인가 봐."

"나는 축제 때만 반짝 써먹고 버리려나 싶었는데. 정말 작정하고 지원해 줄 생각인가 보네."

"그러면 이거, 돈을 이렇게 주는데 칭송극 한두 개 정도는 넣어 줘야 할 것 같은데요."

"굳이 그럴 것 없다. 연극 내용에 대해선 검열이나 가이드가 없다고 했다. 영지민들이 즐길 수 있는 이야기를 만들라는 것 하나뿐이었다."

"그래도 그렇지, 사람이 이만한 돈을 받아먹고 어떻게 입을 싹 닦습니까. 자고로 귀족들이 이야기꾼에게 돈을 주는 이유는 자기들 빨아 달란 것밖에 없는데요."

"그렇습니다. 아무리 바르테온에 돈이 많다고 해도 수백 골드씩 쏟아부어 주는데 칭송극 하나 없으면 서운해하지 않겠습니까? 우리 극단이 몇 개인데, 칭송극 두세 개 정도는 넣어 줘야죠."

극단원들은 자발적으로 돈값을 해야 한다는 쪽으로 의견을 모으고 있었다.

그 모습에 갤리언은 복잡한 심경이 되었다.

원래 예상에서 굉장히 벗어난 진행이었기 때문이다.

갤리언이 처음 극단장으로서 바르테온에 입성할 때는 연극이 가진 대중 홍보의 능력으로 바르테온 기사들에 대한 불만을 자극할 생각이었다.

그것을 통해 계급 갈등을 조장하고 사회 분열을 계획하려 한 것이었다.

그리고 그것을 위해서 가장 먼저 해야 할 일은 낙원단이 아닌 다른 배우들을 낙원단으로 끌어들이는 작업이었다.

그것에 대해서는 별걱정을 하지 않았었다.

바르테온에서 당연히 좋은 대접을 받지 못할 것이라고 생각했고 작가와 배우로서가 아닌 나팔수 허수아비 인형 따위로 대우할 것이라 예상했기 때문이다.

그렇게 불만이 생기는 단원들을 자연스럽게 투쟁의 길로 이끌면 될 거라고 여겼다.

그래서 그때에는 어떻게 하면 기사단에 발각되지 않고 대중 선동을 할까에 대한 걱정을 했지, 다른 단원들을 끌어들이는 것에 대해선 애당초 염려를 한 부분이 아니었다.

그런데 자신들이 먼저 두 팔 걷고 영주의 칭송극을 올리겠다니.

이건 시작부터 난관이다.

"좋아. 정 뜻이 그렇다고 하면 칭송극이든 찬미극이든 내키는 대로 하게."

갤리언은 여기서 작품에 대해 어떠한 강압적인 가이드를 제시하게 되면 오히려 자신이 저들의 적이 될 수 있음을 주의했다.

그러니 지금은 별다른 주장을 하기가 애매했다.

'어차피 처음부터 천천히 가기로 마음먹었다. 앞으로 지내다 보면 더러운 꼴 보는 게 어디 한두 번일까. 시간이 지나면 분명 불만들이 생길 테니 벌써 자극할 필요가 없다.'

대신 하나 된 결속을 만들어 두는 것은 아주 중요하다고 여겼다.

그래야 어떠한 행동을 할 때 빠르게 동질감을 형성하여 조직적인 행동을 할 수 있기 때문이다.

그리고 그러한 결속은 자금을 모으기도 아주 좋은 구실이다.

"그건 그렇고 이렇게 우리가 바르테온에 자리 잡을 수 있는 기회가 생긴 마당인데, 좀 더 적극적이고 안정적인 기틀을 잡기 위해선 제대로 된 조직이 필요하다는 생각이야. 다들 어떻게 생각하나?"

"그거야 단장님 말씀이 맞죠. 바르테온 한가운데에서 같은 벤자리안끼리 뭉쳐야지. 안 그렇습니까?"

"옳소. 옳소!"

"앞으로도 벤자르 출신 배우들을 많이 섭외하기 위해서라도 우리가 확실히 자리를 잡아 두는 게 좋다고 봅니다."

"좋은 생각입니다. 단장님은 어떻게 했으면 좋겠습니까?"

갤리언이 운을 떼니 다른 낙원단원들이 우르르 동조하며 분위기를 만들었다.

"본래 여럿이었던 우리가 바르테온에 올 때 하나의 단이 되었던 것과 같은 개념이지. 그런데 이제는 모두가 단이 되었으니 연합이라고 하면 어떨까 싶어. 극단연합, 배우연맹 같이 말이야."

"좋은 의견입니다. 아주 좋습니다."

"그리고 이런 연합을 유지하기 위해서는 유지비가 들어가기 마련이지 않나. 바르테온에서 지원금도 넉넉하게 나오는 마당이니 유지비가 부담스럽지도 않을 테고 말이야. 다들 어떤가? 지원금에서 일부분 각출하여 연합 유지비로 사용하는 것이."

"그것도 좋은 의견입니다. 우리도 나중에 줄을 대거나 무슨 송사에 걸렸을 때 해결하려거든 목돈이 필요할 테니 돈이 들어올 때 모아서 준비해 두는 게 좋다고 생각합니다."

수석단원인 코렐이 아주 열정적으로 바람잡이 역할을 했다.

실상 지금 나온 의견들 모두가 틀린 말은 아니었기에 별다른 반대 의견은 없었다.

"그럼 다들 확인증을 받아 가도록 하게. 지원금 받아 오면 회비 납부 부탁하겠네."

갤리언은 단원들에게 확인증을 나누어 주었다.

확인증을 받은 단원들은 하나둘 자리를 떠났다.

그렇게 단원들이 빠지고 나니 자리에는 낙원단 출신들만
남았다.

"리사, 영애들 수업하는 건 어때? 할 만해?"

"말도 마세요. 하나같이 기가 왜 그렇게들 센지. 아휴, 무
슨 시누이들 모아 놓고 수업하는 것 같다니까요."

"앓는 소리 말고 잘해. 향후 그녀들이 권력의 중추에 설
사람들이다. 여인들 치맛바람 휘어잡으면 사내 몇 움직이는
건 일도 아니란 걸 잘 알잖아."

"알았어요, 알았어. 저도 확인증 주세요."

리사는 낚아채듯 자신의 확인증을 받아 냈다.

"자, 그리고 이것."

갤리언이 극본을 내밀었다.

"이게 뭔데요?"

"보면 몰라. 극본이잖아."

"그러니까 극본을 왜요?"

"지원금을 받으려거든 극본이 있어야지. 이 극본을 내고
지원금을 받으라고."

갤리언은 무슨 당연한 소리를 모르는 척하냐는 어투로 말
했다.

리사는 떨떠름한 표정으로 갤리언이 준 극본을 훑어봤다.

배곯은 소녀가 힘겹게 고생을 하다 병들어 죽는 슬픈 비극이었다.

"저 혹시, 이거대로 연기하라는 건가요?"

"왜? 뭐 문제라도 있나?"

"그게 아니라, 저는 이미 아가씨들하고 할 극을 정해 놨는데요."

"무슨 소리야, 극을 이미 정했다니?"

"아가씨들과 영애들의 티타임이란 이름으로 극을 짜고 있어요. 이미 이야기된 게 있다니까요."

"그걸 왜 벌써 진행을 했어? 나랑 상의를 하고 진행하자 했잖아."

"영애분들이 닦달하는 걸 어떻게 해요."

"후우ー. 알았다. 나가 봐."

갤리언은 괜히 더 대화를 해 봐야 골치만 아파질 것 같아서 리사를 먼저 내보냈다.

남은 단원들만 해도 충분한 인원이니 이들을 중심으로 여론을 만들어 가도 부족하지 않다.

"자, 다들 이제부터 시작이라고 생각해. 지금부터 본격적으로 불씨를 키우는 것이네. 다들 정신 집중해서 극을 수행하자고."

"예, 단장님. 바르테온의 무고한 백성들 또한 진실된 낙원의 뜻에 동조하게 될 것입니다."

"특히 단원 선발에 주의해. 지위 고하는 상관없지만 마음속에 결여와 억압이 있는 이들로 선발해야 해. 그리고 각자들 극본은 제출하기 전에 검토받도록 하고."

갤리언은 그렇게 단원들에게 주의 사항과 지시 사항을 전달하고 소집을 끝냈다.

그리고 며칠 후, 단원들이 제출한 극본을 검토하던 갤리언은 자신의 머리칼을 쥐어뜯어야 했다.

"왜 이것들까지 말을 들어 처먹질 않는 거지?"

분명 저항 의식을 자극할 수 있는 극을 짜라고 했다.

같은 이야기라도 그 안에 작은 불합리를 섞어 넣어서 의구심을 가질 수 있게끔 만드는 장치들은 얼마든지 심을 수 있는 부분이었다.

그런데 그런 식으로 한 극본보다 그렇지 않은 극본이 더 많았다.

갤리언은 가장 심복인 코렐을 우선 불렀다.

"부르셨습니까."

"이게 어떻게 된 거냐?"

"어떤 것 말씀이십니까?"

"극본을 이딴 식으로 생각 없이 쓴 것 말이야. 확인도 안하고 나에게 올린 것이냐?"

코렐의 얼굴이 당혹스러움으로 물들었다.

"죄송합니다. 한번 본다고 보았는데, 그렇게 되었습니다."

"그게 지금 변명으로 할 소리인가. 자네는 우리의 사명이 무엇인지 잊었나? 피를 짜내어도 모자랄 판에 한다고 했는데 그렇게 되었다고?"

"단장님도 아시다시피 저희 중에 극본을 써 본 경험이 있는 인원은 저하고 달린, 코드라 이렇게 셋뿐입니다."

나머지는 배우, 연출, 무대 시설 쪽의 일을 했었다.

당연히 극본을 짜는 실력이 부족할 수밖에 없다.

"극의 밑바탕에 어떤 메시지를 심어 두는 게 사실 쉬운 영역은 아니지 않습니까. 교열을 봐주긴 했는데, 너무 간섭하면 이야기가 완전히 뭉그러져서 극을 제작할 수 없는 수준이 되어 버렸습니다. 그렇다고 제가 모든 극을 전부 대필할 수는 없지 않겠습니까."

코렐의 설명을 듣고 있자니 갤리언은 속이 꽉 얹힌 것 같은 느낌에 숨도 제대로 쉬어지지 않을 정도였다.

처음 의도랑은 너무 다르게 흘러가고 있었다.

미인계를 통해 영주의 판단력을 흐려 놓고 그사이 민중들의 의식을 장악하겠다는 계획은 첫 단추부터 완전히 잘못 꿰어졌다.

잘못 꿰인 것을 넘어 단추가 떨어져 나간 수준이다.

그러면 그다음 단추들이라도 좀 잘 들어맞아야 하지 않나.

그런데 이 모양이다.

"그렇게라도 해야지. 안 되면 그렇게라도 해야 될 것 아니냐. 코렐, 이건 성전이다. 우리는 낙원으로 가기 위해 성전을 치르고 있는 것이라고. 정신 똑바로 차려야지."

갤리언은 코렐의 얼굴을 쓸어내리며 말했다.

코렐은 입술을 잘근거렸다. 하고 싶은 말이 있을 때 나오는 행동이다.

"그래, 코렐. 무슨 하고 싶은 말이 있느냐? 말해 보아라. 내가 이 적진 속에서 의지할 곳이 어디 있다고 너를 압박하겠느냐. 들어 줄 테니 편히 말 하거라."

"단장님, 아니, 선생님, 감히 질문드리건대, 대필을 하는 것이 정말 괜찮겠습니까?"

"그게 무슨 말이냐? 안 될 게 무엇이야?"

"대필은 거짓입니다. 그리고 이 바르테온에서 거짓과 기만은 그 경중에 상관없이 걸리는 순간 참형을 면치 못합니다. 특히 이익을 보기 위한 의도적인 거짓은 바로 사형에 처해진다고 했습니다."

확인증과 함께 극본을 제출하면 지원금을 받을 수 있다.

확인증은 극단을 총괄하는 갤리언으로부터 극단으로서의 구성이 되었다는 확인에 대한 증표이고 극본은 그 극단으로서 연출이 가능한 이야기가 있다는 증거이다.

이 두 가지가 함께 있어야 지원금을 받을 수 있는 것이다.

"이런 극본을 대필로 작성하면 지원금을 받기 위한 거짓이

됩니다. 걸리면 바로 사형을 당할 것입니다."

"이런 멍청한! 각색이란 방식도 있다! 애당초 내가 영주와 이야기한 것이 그것이었어! 극본을 받아서 연출을 하는 것! 그렇지 않으면 단번에 100개의 극단을 어찌 꾸리냐며, 내가 받아 낸 약조가 그것이란 말이다."

"그러면 원작자 표기를 해야 하는 것이지 않습니까. 보니까 영주가 눈치가 아주 빠릅니다. 극에 대한 관심도 많아서 직접 검토하거나 관람을 할 것인데 같은 이름의 극본에만 어떤 메시지가 들어 있는 걸 본다면 분명 이상한 낌새를 차릴 겁니다."

"아아―. 코렐, 코렐!"

"예, 선생님."

"우리가 바르테온에 들어온 지 얼마가 되었니? 1년이 되었니 2년이 되었니. 고작 보름이다. 고작 보름. 이제 겨우 보름이 지나간다. 이제 겨우!"

갤리언은 흐느끼다시피 말했다. 정말 울고 싶은 심정이었다.

"그런데 어찌해서 바르테온의 규율이 너의 정신을 이렇게까지 옥죄게 된 것이냐? 기만죄가 걸리면 사형이라고? 우리는 어차피 존재가 발각되면 죽음을 면치 못한다. 오체가 분시되어 저 들판에 내깔리겠지. 우린 지금 그런 일을 하는 거란다. 그까짓 기만죄가 무슨 상관이란 거냐."

"서, 선생님, 송구합니다. 제가 무엇이 중요한지 망각하고 있었습니다."

코렐은 죄스러운 마음에 무릎을 꿇었다.

지금껏 정신적 길잡이로 자신을 이끌어 준 갤리언의 비통함이 그를 자연스럽게 무릎 꿇게 만들었다.

갤리언은 그런 코렐을 끌어안아 주었다.

"괜찮다, 괜찮아, 나의 제자, 나의 동지여. 저 악적 바르테온이 앞에는 젖과 꿀을 두고 뒤에는 칼을 둔 채 우리를 시험케 하는구나. 흔들리지 말고 나아가야 한다. 우리는 진정한 낙원으로 향하고 있느니라."

"예, 스승님. 제가 잠시 상황을 망각했습니다. 송구합니다. 뜻을 다잡겠습니다."

"괜찮다. 잠시 비틀거린 것일 뿐 길이 엇나간 것은 아니니, 여전히 낙원으로 가고 있는 것이다."

갤리언은 코렐을 다독이며 함께 일어났다.

그러곤 자신에게 올라온 극본들을 쥐여 줬다.

"그러면 검토해서 다시 올리거라."

"예, 선생님."

코렐은 극본들을 품에 쥐고 자신의 방으로 건너왔다.

제법 넓은 1인 작업실은 높은 행정관의 집무실에 들어가는 것과 똑같은 가구들로 비치되어 있었다.

그 가구들에는 탕비용품까지 포함이다.

이번에 종합학원의 교수로 발탁되면서 받은 1인 교수실이다.

코렐은 부드러운 송아지 가죽으로 만든 의자에 앉았다.

책상 위에 극본을 쭉 올려놓고 보니 속이 답답했다.

고치는 건 할 수 있다. 자신이 이야기를 전부 다 짜는 것도 얼마든지 할 수 있다.

그런데 역시나 가장 걸리는 것은 극본가의 이름에 자신의 이름을 걸어 놓는 것이었다.

"아무리 눈먼 돈이라고 해도 돈을 수만 골드나 쏟아 넣는데 검토를 만만히 하려고……."

자기 이름으로 전부 다 올렸다가 자신이 특정되어 버리는 상황이 불편했다.

갤리언에게 타이름을 받긴 했지만, 조심해서 나쁠 건 없다는 생각은 변하지 않았다.

코렐은 극본 능력이 있는 달린과 코드라를 불러 지금 상황을 설명했다.

"그러니까 나머지 극본 이름에 우리 이름까지 같이 좀 배분을 하자?"

"그래. 이야기는 나 혼자라도 짤 테니, 이름은 좀 배분하자. 내 이름만 너무 많이 들어가면 눈에 띌 거다. 그러면 의도가 특정될 수 있어."

"그거야 그렇긴 한데……."

"그럼 우리 셋이 하면 뭐 달라? 한 명 특정되나, 세 명 특정되나 그게 그거지."

"단장님은 무조건 전부 다 그렇게 하래? 절반 정도만 해도 되잖아. 굳이 전부 다 그렇게 할 것까지 있나?"

"지금 상황에서 다른 극단에는 손을 못 쓰잖아. 여기서 우리 것까지 비율을 줄이면 너무 적다는 거지."

"그 말씀도 일리는 있긴 한데……. 우리 오래 보고 천천히 가는 거 아니었어?"

"그래. 우리 지금 자리 잘 잡아 가고 있잖아. 우리들 다 교수 자리 하나씩 딱 꿰찼고 단장님은 총단장에 학회장 자리까지 앉으셨는데, 왜 이렇게 급하시대?"

달린과 코드라는 자신들의 불편함을 숨기지 않았다.

그들 내심 갤리언이 오락가락한다는 느낌을 지울 수가 없었기 때문이다.

"단장님 말씀도 아주 일리가 없진 않아. 방향이 엇나간 것을 그냥 두면 시일이 지날수록 길에서 멀어지니까."

"그러니까 하는 말이야. 지금 우리가 어디가 어긋났냐고. 솔직히 제일 어긋난 건 리사잖아."

"달린, 지금 리사 이야기는 왜 끌고 와. 우리 이야기 하는 건데."

"리사는 우리 아니야? 리사는 어디 다른 편이야? 지금 나만 예민한 거야? 솔직히 우리 작전의 가장 중요한 역할이 누구였는데. 리사였잖아. 코드라, 가만히 있지 말고 너도 한마디 해."

"리사가 먼저 영주의 눈과 귀를 가려 줘야 우리가 좀 마음 놓고 활동을 하는 거잖아. 그런데 지금 리사가 제 역할을 못하는데, 우리가 뭘 어떻게 마음 놓고 나서겠어. 말마따나 우리 죄다 걸리면 누구 혼자 살아남겠냐? 우린 다 죽어도 리사는 혼자 살겠지."

"코드라, 너까지 왜 그래?"

"왜 그러긴. 리사는 지 혼자 난리 피우고 성질 부리는 거 다 받아 주고, 편의 다 봐주고 그러면서, 우리더러는 그 똥만 다 치우라고? 리사 먼저 제대로 하라고 해. 그러면 이까짓 이름 올리는 거 100개는 못 올리겠냐?"

달린이 좀 전보다 더 열띤 목소리로 불만을 토했다.

둘의 반발에 코렐은 입을 꾹 다물었다.

여기서 같이 불을 놓아 봐야 싸움밖에 안 난다는 것을 알기 때문이다.

코렐이 그렇게 입을 닫고 있으니 달린과 코드라도 흥분을 가라앉혔다.

"흠흠. 좀 흥분했네. 너한테 말해 봐야 될 것도 아닌데."

"그래, 코렐. 미안하다. 너도 단장님한테 말 듣고 와서 우리한테 그러는 걸 텐데. 그런데 좀 그렇잖아. 지금 딱 자리잡아 가고 있는 판인데, 굳이 왜 벌써부터 위험한 짓을 하냐고.

너무 성급해."

"됐고. 그래서 이름 같이 나눌 거야, 말 거야? 그것만 확실히 해. 안 될 것 같으면 내가 다시 단장님께 말씀드려야 되니까."

"야, 코렐."

"왜?"

"솔직히 말해서, 이름 나누는 걸 왜 우리한테 강요해. 애당초 너 혼자 받은 임무인데. 너도 지금 그거 불편한 거잖아."

달린이 또 한 번 칼날 같은 말로 코렐을 지적했다.

코렐은 까드득 이를 갈았다.

"못 하겠다는 거지? 그렇게 이해하면 되는 거지?"

"못 하고 자시고. 야, 솔직히 지금 이것도 존나 웃긴 거야. 극본 내용이 무슨 상관이야. 극본 그냥 올려서 일단 돈 타 먹고 그다음에 실연극에서 조금씩 각색해서 올리면 되는 거지. 기사들이 그거 일일이 잡아서 왜 내용하고 다르냐고 조사하겠냐?"

"그럼 안 할까? 돈을 얼마를 지원해 줬는데?"

"하면 뭐? 지들이 연극을 알아? 상황에 맞게 각색했다, 그러면 되는 거지. 뭘 벌써부터 메시지를 심니, 어쩌니 이런 걸로 사람을 들들 볶아 대냐고. 극본이 현장에서 바뀌는 게 한두 번이야?"

"야, 달린. 말이 심하잖아."

코드라가 달린을 지적했다. 하지만 달린은 멈출 마음이 없는 듯했다.

　　"코렐, 잘 생각해 봐. 여기 바르테온이야. 벤자르가 아니라고. 이게 무슨 뜻인지 아냐?"

　　"무슨 뜻인데?"

　　"걸리면 진짜 뒈진다는 거야. 아무도 우리를 못 지켜 준다고. 벤자르에서 했던 것처럼 쉽게 쉽게 할 수 있는 판이 아니라고. 알아들어?"

　　달린은 기어코 자리에서 일어났다.

　　"나는 시발, 리사가 사리 분간 못 하고 설치는 걸 볼 때마다 심장이 덜컹덜컹해. 축제 때 지 혼자 미쳐 가지고 울면서 왔던 거 기억하냐? 난 그때 내장이 뒤틀려서 헛구역질이 나더라. 단장님한테 리사나 먼저 잡으라고 해. 리사나 먼저."

　　달린은 그렇게 말하고 방을 나가 버렸다.

　　"코렐, 니가 조금 이해해. 달린이 쌓인 게 많잖아. 흥분도 좀 잘하는 편이고."

　　"후우ー. 진짜 힘들다, 힘들어. 코드라, 너라도 말해 봐. 너는 어떻게 할래? 이름 못 나누겠냐?"

　　"으음ー. 말이 나왔으니 말인데, 달린 말이 틀린 건 아니잖아. 사실 다 비슷하게 생각할걸."

　　"다른 단원들도 그렇단 말이야?"

"솔직히 리사만 대우가 다른 거 누가 모르냐. 벤자르에서야 그렇다고 하지만, 여기선 좀 다르잖아. 리사 때문에 일이 틀어지면 우리도 다 같이 죽는 판인데. 아무래도 좀 그렇지. 예전처럼 그냥 좋은 게 좋은 거다 하고 넘어가기는……. 그렇지 않겠냐."

"쯧. 알겠다……. 그럼 이건 내가. 후우-. 내가 한번 정리해 볼게."

"그래. 미안하다. 너도 답답해서 우리 부른 걸 텐데."

"됐어. 나가 봐. 뭐 너도 비슷한 생각일 건데."

코드라가 짠한 표정으로 코렐을 보더니 이내 방을 나갔다.

코렐은 한동안 자신 앞에 쌓인 극본을 내려다보다 바람이라도 좀 쐴까 해서 창가에 섰다.

창밖으로 한창 공사 중 모습이 보였다.

열정적인 술사들의 모습, 요령 피우는 것이 없는 일꾼들의 모습. 이리저리 시끄러운 드워프들의 모습까지.

그리고 그들의 중심에는 카일이 있었다.

바르테온의 영주이자, 자신들의 주적, 카일 바르테온.

그리고 그런 카일 곁에 비슈가 있고, 니켈이 있으며, 말라드가 있었다.

"하아-. 망했네. 이거 망했어."

코렐은 조용히 읊조렸다.

5장

"우와아아아-!"

"완공을 축하드립니다!"

"영주님, 완공을 축하드립니다!"

"고생하셨습니다!"

"자네들의 보조가 있었기에 이렇게 빨리 끝낼 수 있었어. 아주 흡족해."

카일은 해진 장갑을 툭툭 털며 말했다.

"영주님의 큰 과업에 참여할 수 있었던 것만으로도 크나큰 영광입니다."

종합학원의 공식적인 공사가 모두 끝났다.

저택 규모의 건물 다섯 채를 올리는 데 정확히 열흘이 걸렸다.

　숙련된 술사와 건축관뿐 아니라 드워프의 참여가 컸다.

　그리고 그중에서도 가장 빠른 속도를 낸 것은 다름 아닌 울드의 협조였다.

　엘프들이 쓸 건물 하나는 생나무를 엮어서 만들었는데, 건물 하나를 성장시키는 것을 반나절 만에 끝내 버렸다.

　그것을 본 술사들이 풀이 죽어 버릴 정도였으니 그 속도는 가히 경이적이라 할 만했다.

　물론 드워프들은 벌레가 잔뜩 꼬이고 껍질이 떨어진다며 트집을 잡았지만 말이다.

　"영주님, 완공을 축하드립니다. 개원식을 준비할까요?"

　"간단하게라도 하는 게 좋지 않겠소?"

　"그러면 과하지 않게 준비하겠습니다."

　"교수진들 불러 모으는 식으로는 하지 마시오. 축원만 하는 정도에서 끝냅시다."

　"예. 그리고 지금 엘프 협력단이 준비되어 있다고 합니다. 맞이하시겠습니까?"

　"당연히 맞이해야지. 울드 최고신관은 어디 있소?"

　"먼저 나가 있습니다."

　"알겠소."

　"그럼 먼저 가서 대기하겠습니다."

　사사레가 마차를 타고 먼저 이동했다.

카일은 의복을 정비한 후에 성문으로 나갔다.

미리 준비하라 이른 게 없음에도 기사단원들이 깃발을 들고 도열해 있었다.

카일은 열려 있는 성문 밖으로 나갔다.

겨울에 볼 수 없는 새 무리가 하늘에서 비처럼 쏟아져 내렸다.

"다시금 얼굴을 마주합니다. 티라디움의 제사장 오올입니다."

"이리 찾아 주어 고맙소."

"순환의 이치가 있는 자리에서 상생을 논하니, 그것이 에이디아의 뜻이 아닌가 합니다."

"나 또한 자연의 이치를 쫓는바, 그대들의 목소리에 거스름이 없을 것이오."

다른 이들이 듣기에 선문답 같은 대화가 몇 바퀴 이어졌다.

지면에 내려앉았던 새들이 날갯짓 소리도 내지 않고 날아올라 사방으로 뻗어 나갔다.

"다들 들라. 방금 본 숲새들이 있는 곳은 엘프가 자리했다는 뜻이다. 그 영역에 들지 말 것이며, 부득이하게 들어야 할 때는 쇠붙이를 떼어 놓고 들어서야 할 것이고 들어선 다음에는 나무를 상하게 해선 안 된다."

카일은 오올과 나눈 이야기 중 바르테온에서 지켜야 할 것을 전달했다.

그 내용은 사사레가 받아 적어 칙령으로 전파될 것이다.

"사사레 경."

"예, 영주님."

"현시점부터는 북문 밖에 일이 많이 있을 것이오."

"예. 급한 일은 그리로 찾아뵙겠습니다."

카일은 자리를 파하곤 북문으로 나갔다.

가장 먼저 눈에 들어오는 것은 강에 떠 있는 커다란 강철 그릇이다.

돛도 없고 닻도 없고 노도 없으니 저건 그냥 큰 그릇일 뿐이다.

드워프 반장들이 강철로 만든 배가 진짜 뜨냐 안 뜨냐 입씨름을 하다 그럴 거면 한번 만들어서 띄워 보자 하면서 띄워 둔 것이다.

그거라도 봐야 지금 하고 있는 이 쓸데없는 작업을 하겠다면서 말이다.

카일은 드워프들이 말하는 그 쓸데없다는 작업을 면밀히 스캔하며 드워프 진영을 가로질렀다.

"군다."

"패행! 이제야 코빼기 비치는 거냐? 나는 아주 네가 날 까먹은 줄 알았다."

"왜 그래, 바쁜 거 뻔히 알면서."

"됐다. 또 무슨 시킬 일 있어서 왔겠지. 내가 간교한 인간 놈에게 아주 제대로 코가 꿰었다."

"그런 소리 말고. 이번엔 내 일 아니야. 네 일이지."

"패행! 또 무슨 말로 속여 먹으려고. 마음대로 지껄여 봐라. 들어나 보자."

"냄새 못 맡았냐? 엘프들이 왔어."

"안 그래도 코가 꽉 틀어막힌다 싶더니."

"내가 온다고 했잖아. 반드시 올 거라고. 될 거라고. 그러니까 이제 조립하자."

카일이 씨익 웃으며 조립을 말했다.

군다가 콧김을 푹 뿜더니 크게 발을 굴렀다.

쿠웅-!

"반장들아, 들어라! 조립이다!"

깡깡깡-!

사방에서 쇠망치 치는 소리가 요란을 떨었다.

반장들마다 자신들이 만든 완성 부품을 가지고 왔다.

몇 개의 팀으로 나뉜 작업장에서 수백 개의 부품들이 단번에 조립되었다.

그 모든 것을 한눈에 조율하는 것은 카일의 몫이었다.

제일 먼저 완성된 것은 여섯 개의 다리였다.

그 강철 다리는 짧았지만 굵었고 유연했으며 강인했다.

널찍한 발바닥은 지면을 밟기 좋았고 발가락 사이의 물갈

퀴는 수영에 능하다는 증거였다.

그다음 완성된 것은 몸통이었다.

낮고 굵은 몸통은 여러 마디로 이루어져 있어 좁은 길도 유연하게 통과하기 좋았고 평평하고 길게 뻗은 등판은 사람이 오르기도 편했고 짐을 싣기도 좋았다.

다음 완성된 것은 꼬리였다.

굵고 튼튼하게 완성된 꼬리는 일견 보기에 꼭 이걸 붙여놔야 했을까 싶지만, 기능적으로 보면 지상에선 절벽을 타오를 때 디딤발 역할을 했고 수중에선 보조 동력의 역할을 담당했다.

마지막으로 완성된 것은 머리였다.

머리는 크고 단단했다.

위로는 조종을 할 기수 자리가 만들어졌고 머리 안으로는 동력을 책임질 마나 엔진이 들어갔다.

그렇게 만들어진 첫 번째 위그선은 악어의 모습을 그대로 닮아 있었다.

"시론, 타 봐라."

"예, 영주님."

시론이 강철 악어의 머리 위에 올랐다.

"거기 오브가 박힌 손잡이가 보이지? 거기에 마나를 주입하면 된다."

"예."

시론이 시킨 대로 오브에 마나를 주입했다.

악어 눈이 푸르게 빛나기 시작하더니 꼬리가 먼저 좌우로 슬슬 움직였다.

"꼬리가 움직이면 동력이 전달되고 있다는 뜻이다. 오브 손잡이는 기어와 연결되어 있다. 기어를 바꿔 봐라."

"예."

시론이 기어봉을 위로 올렸다. 철커덕 하는 소리와 함께 악어 다리가 움직였다.

"우와ー. 우와, 우와! 영주님, 이거 머리를 어떻게 돌립니까!"

시론은 방향을 잡지 못해 허둥대었고 그 모습에 드워프들은 파하하 웃음을 터트렸다.

"인간 드라칸 옆에 붙어 있어서 똘똘한 줄 알았더니, 눈썰미는 아주 꽝이구나!"

가름이 악어 머리 위에 훌쩍 올라타 핸들을 틀고 기어를 내렸다.

강철 악어가 머리를 땅에 처박으며 멈춰 섰다.

"네가 보기에 어떠냐?"

군다가 물었다.

"좋다. 고장도 없고, 설계에 틀어지는 것도 없다."

카일의 확언에 군다가 고개를 끄덕였다.

"이놈만 해도 창작품으로 내기 충분하겠구먼."

"야, 군다, 무슨 소리야? 너 이걸로 끝내면 안 돼. 이건 해 봐야 1인용이잖아."

"프하하하하하. 하여간 인간 놈. 네 머릿속이야 참 빤하다. 왜? 내가 이것만 가지고 돌아갈까 봐 덜컥 겁이라도 났냐?"

"그래. 겁났다. 겁났으니까 그런 생각 하면 안 된다. 너 60인선짜리 위그선 만들기 전까진 못 올라가."

"프하하하. 간이 콩알만 해져서는 깜짝 놀라는 꼴 보라지. 너야말로 허튼 생각 마라. 네 속은 내가 다 꿰차고 있으니."

"허튼 생각 없다. 나는 최선을 다해서 네 창작품을 만들어 줄 거다. 스스로 가는 강철 배를 말이야."

"오냐. 그러면 이제 뭐 하면 되냐? 다음 거 빨리빨리 내놔라."

"이제 저 1호 위그선을 양산해야지."

"그것은 네 대장장이들 시켜라. 보니까 아주 못 쓸 정도는 아니더만."

"내 대장장이들은 따로 바빠."

이제 면 사업에 대해서 비밀을 지키기 위해 소규모 단위를 유지해야 하는 시점은 끝났다.

지금보다 생산량을 몇 배나 더 늘려야 한다는 것도 있지만 그보다 더 중요한 것은 종합학원의 존재 때문이다.

타 영지에서 재봉 기술과 디자인 관련 종사자들을 초빙할 텐데, 그들에게 정작 중요한 재봉틀만 쏙 빼놓고서 다른 기술을 논한다는 것이 이치에 맞지 않는다.

영원히 지킬 수 없는 기술이니 꽁꽁 싸매기보다는 적당히 드러내면서 이목을 집중시키고 그것을 토대로 시장의 우선권과 영향력을 가지고 가는 게 낫다는 판단이다.

그래서 지금 잭의 10단은 재봉틀 등의 면 산업 관련 기계들을 양산하고 있다.

"뭐 맨날 바쁘댄다."

"못 믿겠으면 가서 확인해 봐. 다들 눈코 뜰 새 없이 바쁠 테니까."

"됐다. 이런 걸로 너랑 실갱이해 봐야 내 코만 막히지."

"저것 양산하는 것 말고는 대형 증기기관과 정제기를 만들면 된다."

"또 말만 해 놓고 냅두지 마라. 매일 들여다보면서 확인해야 한다."

"며칠 좀 안 들렀다고 엄청 뭐라고 하네."

"전부 네놈 머릿속에 있는 거니까 그러지! 패행!"

군다가 또 크게 발을 굴렀다. 힘이 많이 실린 발구르기라 지축이 울렸다.

이건 진심이다.

"알았다, 미안하다. 화내지 마라. 바빠서 그랬다니까. 알잖아, 바쁜 거."

"이 일도 바쁜 일이다!"

"그럼그럼, 당연하지. 그런데 너는 알아서 잘하잖냐. 그래서 조금 한눈팔았다. 이제 급한 공사 다 끝났어. 내가 매일같이 와서 같이 일하마."

카일이 그리 달래니 솟구쳐 올랐던 군다의 턱수염이 부스스 가라앉았다.

"그럼 수고하고. 내일 보자."

"내일 아침 일찍 와라. 늦게 오면 네 얼마 없는 솜털을 죄다 뽑아 놓을 거다."

군다가 털을 쥐어뜯는 시늉을 하며 잔뜩 으름장을 놓았다.

신나서 저러는 것이다.

말마따나 벌써 창작품으로 내기 충분한 창작물을 완성해 버려서 말이다.

"그래. 내일 보자. 시론, 가자."

"예, 영주님."

"그냥 오지 말고 그 악어 타고 와라. 내일 정무회의에 내 보일 것이다."

"알겠습니다."

높고 늠름한 칸 옆으로 낮고 굵직한 강철 악어가 나란히 걸렸다.

그것을 본 사람들은 하나같이 신기하다며 눈을 동그랗게 떴고 성격 개구진 아이들은 후다닥 뛰어 강철 악어의 등판에 올라타려 까불었다.

카일은 그런 아이들이 다칠까, 일부러 속도를 늦춰 관저에 도착했다.

야간 훈련이 이미 진행되고 있는 중이었다.

지금은 다들 마나술을 연구하느라 정신이 없다.

직접 지도하지 않아도 된다.

카일은 연무장에 편한 의자 하나 가져다 두고 낮 동안 쌓인 보고서를 검토했다.

가장 많은 보고서의 비율은 여전히 정보단의 것이다.

특히 요즘에는 극단의 규모가 커지면서 그들로부터 들어오는 감청 기록이 몇 배나 늘어 버렸다.

카일은 그중에서 붉은 인장이 찍힌 보고서를 빼 들었다.

감청 결과를 취합하여 방향성을 제시하는 총괄 보고서이다.

보고서에는 극단 내부의 낙원단원들이 본격적인 움직임을 시작한 것 같다는 내용과 그 움직임 내에서 다소간의 반목이 엿보인다는 평이었다.

옳게 흘러가는 모양새다. 이건 잡아들일 필요도 없이 그냥 두면 된다.

어차피 손바닥 안이다.

카일은 칼데온이 자신을 향해 오는 것을 보곤 보고서를 덮었다.

"스승님 오셨습니까."

"좋은 소식 듣고 왔습니다. 신기한 것을 만들었다지요?"

"예. 드디어 작은 것 하나 완성했습니다."

"그러면 조만간 본격적인 운송 작전이 시작되겠군요. 프론숲 깊은 곳까지 왕복할 인력을 선발하기 만만치 않을 것입니다."

거리도 거리지만 숲 자체의 위험성과 산재하는 몬스터의 위협도 있다.

반드시 기사들을 가용해야 된다.

"노역꾼들을 가용하면 어떻겠습니까? 제가 감독하여 다녀오지요."

"아이고, 스승님, 그 말씀 하시려 일부러 찾아 주신 것입니까?"

"소일거리도 할 겸, 그리고 엘프들의 마을이 궁금도 하고요."

"이 제자는 항상 스승님께 빚만 쌓입니다."

"당치 않습니다. 저 좋자고 하는 일입니다. 명하신다면 제가 노역꾼들을 추려 보겠습니다."

"아니요. 노역꾼들은 이미 제자리에서 제 역할을 잘하고 있으니 다른 인력을 쓸까 합니다."

"다른 인력이 이미 내정되어 있는 것입니까? 그럴 만한 조직이 없는 줄 알았는데. 어느 조직입니까?"

"아마 지금 오고 있을 것입니다. 그런데 스승님과는 조금 불편할지도 모르겠군요."

"저와 불편할 사이라 함은, 로펨의 활귀신 말씀하시는 것입니까?"

"예, 로운 경 말입니다. 지금쯤 많은 인원을 이끌고 내려오고 있을 것입니다."

"그자가 이 운송 작전에 응한 것입니까?"

"그자의 동의가 필요한 것은 아니지 않겠습니까? 스스로 신하가 되겠다 하였으니 명령하면 따라야지요."

"어허허허허. 예. 옳습니다. 옳다마다요. 밤귀가 밝은 놈이니 어두운 밀림에서도 길을 잘 찾을 것입니다."

"그러니 스승님께선 괜히 고된 길 가실 필요 없습니다. 물론 티라디움이 보고 싶어 가시는 것이라면 구태여 말리진 않겠습니다."

"그럼 활귀신더러 일하라 하고 저는 마실 나가는 느낌으로 설렁설렁 다녀오겠습니다. 제가 같이 안 가면 그놈이 느긋하게 편히 갈 것 아니겠습니까?"

칼데온의 표정에서 즐거움이 읽힌다.

같이 가는 로운이 어떤 심정일지는 고려할 대상이 아니다. 스승님이 즐거우면 그걸로 된 것 아니겠나.

"예, 스승님. 뜻대로 하십시오."

"그런데 그놈이 빠지면 학원은 괜찮은 것입니까? 궁술학회를 맡겼다 들었습니다."

"로펨의 궁술은 극의까지 제가 다 가지고 있습니다. 당장 그들이 할 일은 낮은 단계의 궁사를 키우는 것이라 고위 능력자가 자리를 지키고 있지 않아도 됩니다."

"그러면 편한 마음으로 다녀오도록 하겠습니다. 그리고 한 가지 더 건의드려도 되겠습니까?"

"얼마든지 말씀하시지요."

"지금도 니켈의 시종직이 유지되고 있는 것인지요?"

"그렇습니다."

"하면 시론을 이 운송 작전에 대동해 가도 되겠습니까?"

"시론을요? 시론은 이미 성장할 만큼 성장하여 더 이상의 급진적인 성장은 어렵습니다. 스승님께서도 아시지 않습니까."

"서클오버를 이뤄 주려 하는 것은 아닙니다."

"하면요? 시종이 없어서 일부러 찾으시는 것은 아닐 테고요."

"녀석에게 작게라도 세력을 좀 만들어 줄까 싶어서 말입니다."

카일은 칼데온의 뜻을 바로 이해했다.

시론을 또 하나의 친위 조직으로 성장시키려 하는 것이다.

만약 시론이 또 다른 친위단이 된다면 그것은 기존의 친위단과 그 성격이 극명하게 갈린다.

기존의 친위단의 경우 그 권력이 카일에게서 나오기도 하지만 자체적인 가문에서도 나온다.

카일이 친위단으로서의 권력을 걷어 간다고 해도 수백 년 간 바르테온에서 맥을 이어 온 가문의 저력까지 단번에 사라지진 않는다.

반면 시론의 경우 그 모든 것이 카일에게서 나온다.

그 둘 간의 충성심은 감히 비교 자체가 되지 않는다.

시론에게 카일은 아버지 그 이상이다.

"비록 능력은 아직 보잘것없다 하나 그 의지와 충성심만큼 은 바르테온 제일이라 할 만하니 세력을 쥐여 주면 요긴하게 쓰실 것입니다."

"스승님께서 저를 생각하시어 일부러 신경을 쓰시겠다는 데 제가 감히 거절할 것은 아닌 줄 압니다."

"어허허허. 웬일로 이리 단번에 받아 주십니까? 설득할 말 을 열 마디 정도는 준비해 왔는데 쓸모없게 되었습니다."

"그러면 두 번 정도 거절을 해 볼까요?"

"하하하. 됐습니다. 늙은이 장단 맞춰 주는 것밖에 더 되 겠습니까. 하면 시론은 제가 달고 가는 것으로 하겠습니다. 시론에게 붙여 줄 인원들로는 시론과 비슷한 아이들로 추리 겠습니다."

현재 검술학회를 중심으로 기본마나양생술이 배포 중이다.

기본마나양생술은 동작을 따라 하는 것만으로 효과를 볼
수 있는 체조 형식으로 만들었다.

　그 안의 이치와 깨달음이 없이 그저 정직하게 따라 하기만
해도 몸에 마나가 쌓이는 것이다.

　기사들은 순찰을 도는 중에 일정한 시간마다 특정된 자리
에 서서 기본마나양생술을 시현한다.

　그러면 주변의 영지민들이 그것을 보고 따라 하는 방식
이다.

　물론 기본마나양생술을 아무리 열심히 수련한다고 한들
1서클로 올라서진 못할 것이다.

　하지만 그 과정에서 재능이 있는 자는 분명 티가 날 수밖
에 없다.

　동작을 더 빨리 외우고, 더 정확하게 움직이고, 더 유연하
며, 더 자연스럽게 이어 나가는 식으로 말이다.

　그런 재능이 있는 이들을 찾는 것 또한 검술학회 소속 기
사들이 할 일이다.

　그리고 그 검술학회 소속 기사에는 당연히 학회장도 포함
된다.

　"이미 눈에 넣은 아이들이 있으십니까?"

　"쓸 만한 아이들은 제법 찾았습니다. 그런데 어찌 추릴지
는 조금 고민이 되는군요."

　"생각하신 바가 있으십니까?"

"본디 사람은 아쉬운 것이 있어야 매달리기 마련이지 않습니까. 그리고 비슷한 처지끼리 더욱 결속이 잘되는 법이고요."

"동의합니다."

"해서 말인데, 만약 시론의 부하들로 발탁한 이들 중에 능력적으로 시론보다 뛰어난 아이가 생기는 것에 대해서 어떻게 생각하십니까?"

"아무래도 시론의 영향력이 떨어지겠지요."

기사단은 기본적으로 실력순이다.

기사단에서 후배가 실력으로 선배를 역전하는 경우 그 후배가 선배로 있을 만한 다른 기사단으로 재배치를 한다.

즉, 바르테온에 있는 모든 기사단은 특별한 경우가 아닌 이상 선배가 후배보다 실력이 좋고 부단장이 단원보다, 부단장보다 단장이 실력이 좋다.

"그러면 이러나 저러나 결국 단을 옮기게 될 것인데, 그때 가서 단을 옮기게 하느니 처음부터 한데 묶지 않는 게 나은 듯도 해서 말입니다. 어차피 영주님의 손발이 될 조직이니 영주님의 의견을 묻는 게 옳다 여겼습니다."

"흐음─. 얕게 생각할 문제는 아니군요."

이 부분은 카일도 잠시 고민이 되는 영역이었다.

시론은 파발기수다. 기사이긴 하나 공격 기사단이 아니다.

성장이 뛰어난 아이를 파발기수 휘하로 넣는 것은 그 성장을 가로막는 요소가 될 수 있다.

그런데 그렇다고 해서 바로 다른 귀족 가문의 기사단 소속으로 넣는 것 또한 문제가 될 수 있다.

귀족 가문 태생의 기사 후보들에게 따돌림을 당할 가능성이 높기 때문이다.

규율로 직접적인 따돌림까진 막을 수 있다고 해도 어투와 시선까지 통제할 수는 없는 일이다.

"평민 아이들 중에 정말 특출나게 두각을 나타내는 아이들이 있습니까?"

"현재까지 두 명 보았습니다. 그 아이들은 지금부터 부단히 노력하면 6서클을 내다볼 수 있는 재목입니다."

"5서클을 기대할 만한 아이들은요?"

"4명 정도 보았습니다."

"그 아이들의 나이는 어떻게 됩니까?"

"전부 10살 아래입니다."

이게 일반적이다. 시론이 17살에 마나를 느껴 3서클의 경지에 오른 것은 객관적으로 외부의 도움이 없이는 불가능했다고 보는 게 옳다.

그리고 아무리 유년시절 달리기를 한 것으로 몸이 깨었다고 한들, 정말 어린 나이부터 체계적으로 훈련한 신체를 따라잡기는 사실상 어렵다.

안타깝게도 시론에겐 그 정도의 천부적인 재능은 없다.

"나이가 어리면서 자질이 뛰어난 아이들은 귀족 가문에 양자로 들여 명망 있는 기사단에 소속시키도록 하죠. 그것이 개인적으로든, 영지적으로든 좋을 것입니다."

"알겠습니다. 그러면 방금 말씀드린 6인의 아이들은 적당한 가문을 찾아 양자로 입적시키겠습니다."

"그 과정에서 당사자의 의견을 꼭 물어보셨으면 합니다. 싫다고 할 수도 있으니 말입니다."

"물론입니다."

"그렇지 않은 아이들의 경우 우선은 전부 시론의 조직을 거쳐 가게 해야겠습니다. 그 후에 공적을 보아 귀족 작위를 내리는 식으로 신진 귀족 일파를 만드는 것이 스승님께서 생각하시는 바와 일치할 듯합니다."

"저는 당장 쓸 조직을 하나 더 만들까 했는데, 영주님께서는 세대를 건너 내다보시는군요."

"스승님께선 씨앗을 잘 심고자 하시는 것이고 저는 그 씨앗을 잘 키우고자 함일 뿐입니다. 누가 더 낫다 할 일은 아닌 듯합니다."

"영주님께서 말씀해 주시니 이 아둔한 신하의 위신이 사는 듯합니다."

"아둔하다니요. 당치 않습니다."

"하면 인재 기준에 대한 것은 그리 정하겠습니다. 그리고 조직의 주 역할은 무엇으로 잡으면 되겠습니까?"

"시론의 역할을 그대로 계승해서 파발기수로 하지요. 기수단이면 좋겠습니다."

바르테온 전역으로 통신망이 깔리고 있는 중이다.

지금은 광대역 통신 오브까지 설치가 완료되어 바르테온에서 로펨까지도 직통신이 가능하다.

하지만 그렇다고 해서 파발기수의 역할이 사라지는 것은 아니다.

목소리가 아닌 반드시 현물로 전달해야 하는 경우가 있기 때문이다.

인장이 찍힌 칙령서라든가, 적장의 수급 같은 것들 말이다.

그것을 목적으로만 해도 파발기수는 반드시 유지되어야 한다.

"그런데 단순히 배달의 역할로만 두기엔 힘의 균형을 담당할 축으로 성장하기 어려울 겁니다. 여기에 추가적인 임무를 주어야겠지요."

"어차피 이번 운송 일에 참여하기도 하니 석유 운송을 담당케 하는 게 어떻겠습니까?"

석유는 앞으로 일상생활을 지배하는 중요 자원으로 급부상할 것이다.

그런 석유의 운송을 총괄하는 자리라면 향후 막강한 영향력을 행사할 수 있게 될 것이다.

"좋습니다. 그렇게 하죠."

"그러면 기존의 귀족 가문들과 다른 양식으로 이들에게 맞는 검술을 추려 보겠습니다."

"검술이라……. 검술이 최적일까요? 물론 최적이긴 하겠지만……."

"뭔가 걸리시는 게 있습니까?"

"궁극적으로 한 축을 이루는 새로운 기둥을 만들려는 시작이에요. 하지만 그 특성상 무력의 상승치에 한계가 있는 조직이 되었습니다. 그런데 그 무력의 기준까지 검술로 잡으면 다른 기사단이나 친위대에 너무 직접적으로 비교되지 않을까요?"

"하면 영주님께선 이 기수단의 기본 무술을 검술 이외의 것으로 결정하자는 뜻입니까?"

"예. 검술보다 궁술이 어떻습니까? 어차피 바르테온 인력으로 궁사단을 육성해야 하고 빠른 발이라는 특징과 궁술은 제법 잘 맞는 조합입니다."

"경우에 따라서는 실력 차이가 나는 검사를 쉬이 잡아내기도 하는 게 궁사이기도 하니……. 좋은 의견이십니다."

칼데온은 고개를 주억거리며 카일의 말에 동의했다.

"그럼 기수단에 대한 것은 이 정도에서 맥을 잡고 가겠습니다."

"알겠습니다. 그럼 수송 시작은 언제쯤으로 알고 있으면 되겠습니까?"

"이리저리 정리하면 1주일 정도 후쯤이면 될 듯합니다."

"예. 그럼 그에 맞춰 준비하고 있겠습니다."

칼데온은 훈련장의 시론을 한번 쳐다보고는 자리에서 물러났다.

카일의 시선도 시론을 좇았다.

시론은 어느 무리에도 끼지 못하고 어중간한 자리에 있었다.

행정관이 될 수도 없고 그렇다고 친위단이 될 수도 없는 어정쩡한 정무관.

아니, 정무관이라 부를 수 없는 시종 출신.

저와 같은 출신을 가지고는 그 어느 곳에도 진심으로 융화될 수 없을 것이다.

그렇다면 칼데온의 말이 맞다.

시론을 중심으로 세력을 만들어 주면 될 일이다.

'현재의 정무관들은 세대가 바뀌면 전부 친위단 출신이 장악하게 되겠지. 집단화된 친위단 파벌을 단독인 지크 가문 혼자서 감당하긴 쉽지 않아.'

압도적인 무력이 있다고 한들, 같은 아군끼리 그 무력을 함부로 쓸 수는 없다.

정치력으로 대응하면 절대적인 머릿수가 적은 지크가 감당하기 어려울 것이다.

그런 지크에게 붙여 주기에 기수단은 최적이라 할 수 있다.

힘의 균형을 깰 정도로 무력이 있는 것은 아니면서도 지크에게 부족한 머릿수와 최일선 행정 종사자들을 붙여 주는 것이니 말이다.

'이거 생각할수록 괜찮은 것 같은데?'

시작은 칼데온의 건의였지만, 핵심이 있는 의견이었다. 조금 더 정성을 쏟아도 되지 싶다.

지크는 전통적으로 광산업을 담당하고 있다.

돈을 캐내는 것이나 다름이 없다.

지크가 지금의 영향력을 행사하는 것은 강력한 무력과 가문의 정통성도 있지만 광산을 소유하고 있기 때문이기도 하다.

그런데 앞으로 바르테온이 성장하면서 사업이 다각화되면 광산이 가지고 있는 무게감이 줄어들 수밖에 없다.

그중 앞으로 큰 영향력을 가지게 될 상업, 관광업, 유통업 등을 거의 다 친위단 소속 가문들에게 배분되었다.

지크 가문은 이미 미스릴 광산을 관리하고 있기에 다른 사업은 분배에서 아주 적은 비율로 할당되었다.

다시 생각해도 지크 가문과 기수단은 궁합이 좋다.

"친위단이 성장하는 만큼 기수단도 같이 성장하여 지크 쪽을 보완한다면 경제력이나 시장 장악력에서도 크게 밀리지 않을 거야."

　단지 시론만 보고 지원하기에는 과한 것들이 이런 정치역학의 관점에서 보면 미진하게마저 느껴진다.

　"그렇다고 무력이 너무 부족하면 잔심부름이나 하는 일꾼 취급을 면치 못할 테니……."

　카일은 칼데온과 정리한 기수단에 더 특별한 임무와 기술을 더하고 그것에 걸맞는 역할을 부여했다.

　카일은 그렇게 만들어진 조직을 정찰단이라 이름 지었다.

�֍

　"전체 이주라니요? 수백 년을 이어 온 우리의 고향을 버리고 떠나자는 말씀이십니까?"

　"어찌하여 이런 중차대한 일이 바르테온에서 그렇게 결정될 수 있는 것입니까?"

　"뎅쇼 경, 경이라도 뭐라 말 좀 해 보십시오. 로운 공께서 경과는 상의를 했을 것 아닙니까?"

　"바르테온에서 그리 강요한 것입니까? 뭔가 말 못 할 그런 강요가 있었던 것이지요? 로운 공, 뭐라 말씀 좀 해 보십시오. 그렇다고 한다면 저희들은 마지막 한 명까지 피를 짜내어 저항해야 합니다. 이 세상 어느 역사를 보아도 이런 패악질은 없었습니다."

귀족들은 전체 이주에 대한 운만 떼었는데도 이렇게 득달같이 달려들었다.

사실 예상했다.

로운도 누군가에게 이런 말을 들었다고 한다면 무슨 개소린가 싶어서 귀를 후볐을 것이다.

그래서 로펨으로 올라오면서도 몇 번이나 생각이 오락가락했는지 모른다.

바르테온에 있을 때 가졌던 확신은 루카시스강에 쓸려가버린 것처럼 말이다.

마스터인 그가 하루에도 몇 번씩 마음이 변할 정도로 전체 이주는 큰 건이었다.

하지만 이들이 하는 것을 보라.

속이 뒤집힐 지경이다.

"로운 공, 뭐라 말씀이라도 좀 해 주십시오! 그런 선택을 한 이유가 있을 것이지 않습니까? 저희더러 고향을 버리고 바르테온으로 들어가자고 하면 누가 넙죽 알겠다 하겠습니까?"

"말들은 좋군."

"예?"

"말들은 좋다 하였어. 내가 멍청이라 이런 결정을 내렸을 같은가? 나와 뎅쇼의 눈은 썩은 옹이 눈깔이야?"

"로운 공, 저희 뜻은 그런 것이 아니오라……."

"꼭 턱밑에 칼을 들이밀고 위협을 해야만 겁박이 아니네.

아니, 오히려 저들은 겁박조차도 하지 않아. 루카시스 강줄기가 어찌 저 산골 시냇물 따위 신경이나 쓴다던가?"

지금까지 뭐 하나 나서서 한 것도 없는 것들이 이제 와서 주둥이만 나불대는 꼴들 보자니 속이 뒤집어진다.

차라리 바르테온의 칼이 그리울 정도로 말이다.

"이 구석진 곳에서 남이 해 주는 밥이나 먹고 있으니 세상이 어찌 돌아가는지 들여다볼 생각을 않는 게지. 지금 바르테온이 만드는 흐름에 낙오되면 어떤 앞날이 기다리고 있을 것 같은가?"

"로운 공이 계시지 않습니까? 로운 공께서 정식으로 영주직에 오르시어 모두를 이끄신다면……."

"당치 않는 소리!"

로운은 참지 못하고 고함을 터쳤다.

"내 후사가 없는 것을 뻔히 알면서 그딴 소리를 해! 내가 죽고 나면 그다음은 누구를 세울 것인가? 자네들끼리 돌아가며 영주 자리를 나눠 먹을 것인가!"

"로운 공, 어찌 그리 험한 말씀을 쏟으십니까."

"저희는 그저 로펨의 긍지를 살리고자……."

"그만 됐다! 경들이 마음에서 우러나 나를 영주로 여기고 있다면 내 뜻에 따르라. 나는 결정한 대로 진행할 것이다. 그만 나가서 이주 준비를 하라!"

로운은 끓어오르는 울화를 억누르며 겨우 축객령을 내

렸다. 당장 저들을 내보내지 않으면 따귀라도 올려붙일 것 같았기 때문이다.

"뎅쇼 경."

"예."

"저들이 왜 이주를 반대한다고 생각하는가?"

"그야 원수의 품으로 들어가기엔 그 의기가 굴하지 않아 그런 것이지 않겠습니까."

"진정으로 그리 생각하는가?"

"그것이야……."

"나도 답답허이, 나도 답답해. 내가 진정 옳은 선택을 한 것인지 오락가락한단 말이야. 바르테온에서는 몇 번이고 내 선택이 맞다 싶은데, 또 여기서는 내가 너무 급하게 선택을 한 건가 싶고 그래. 그런데 저 작자들의 눈을 보고 있자니 역 겨움이 쏠려 오는군."

저들이 정말 자신들의 정체성과 의기를 위해서 저리 하는 말이 아니다.

그런 의기를 가진 로펨의 궁수들은 이미 십수 년 전의 루 카시스고원에서 다 죽었다.

도살자의 손에 의해서 말이다.

저들은 후방보다 더 후방, 전장의 가장 뒤에서 눈먼 화살 이나 날리던 이들이다.

그렇게 목숨 건진 놈들이 이제 와서 의기를 부르짖는다.

"여기가 편한 것이지. 싫은 소리 하는 사람은 죄다 죽어 나갔고 그나마 눈치 볼 마스터란 인간은 외팔이 병신으로 죽을 날이나 바라보고 있으니 말이야."

"로운 공, 어찌 그리 험한 말씀을 하십니까?"

"저런 것들에게 우리 아이들을 어떻게 맡기느냐 말이야. 그나마 생각이 든 놈은 유지를 이을 후대가 없고, 머릿수 채우고 있는 것들은 하나같이 제자리 보신만 하려 하고."

로운은 주먹을 말아 쥐었다. 그 입매는 씁쓸하기 그지없었다.

뎅쇼는 달리 해 줄 위로의 말이 없었다.

"정하신 바가 있으니 그대로 행하셔야지요."

"그래, 그래야지. 우선 가용할 수 있는 인력은 먼저 가자고. 가서 터라도 좀 닦아 놓은 다음에 불러야지, 그냥 불렀다가는 바르테안들 등살에 어디 고개나 들고 다니겠어."

"예. 뜻에 따를 만한 의기 있는 자들로 추리겠습니다."

뎅쇼가 읍하고 나갔다.

그 후 며칠간 이주 준비를 위한 선발대가 구성되었다.

그들은 로운 일파와 뎅쇼 일파를 주축으로 이루어졌다.

그중 몇몇은 로운의 뜻을 따라가는 것이었지만, 또 얼마간은 로운의 명령을 거절하기 껄끄러워 출장을 간다는 느낌으로 참여한 것이었고, 또 몇몇은 그저 들려오는 소문의 바르테온이 궁금하여 따라붙은 것이었다.

로운은 그런 이들의 속마음을 알면서도 별말 없이 바르테
온으로 입성했다.

"로운 공, 바르테온입니다."

"그렇군. 수고했네."

로운은 피곤한 얼굴로 뎅쇼의 뻔한 안내를 받았다.

어떻게든 인원을 추려서 사람을 끌고 오긴 했는데, 이게
처자식을 다 끌고 호랑이 굴로 들어가는 건 아닌가 싶은 심
정이 영 가시질 않았다.

"바르테온 영주가 마중을 나왔나 봅니다."

"영주가 직접?"

"예. 저기 선착장에 영주기가 걸려 있었습니다."

"정말 그렇군."

로운을 태운 배가 멈췄다. 그 앞에는 카일이 있었다.

"어서 오시오!"

카일이 로운을 환대했다.

로운은 그 앞에서 잘게 고개를 숙였다.

입은 꾹 다문 채 말을 하지 않았다.

뒤에 듣고 보는 이가 많아 존대를 하려니 입이 떨어지지
않았기 때문이다.

"로운 공, 자잘한 인사는 되었으니 함께 좀 갑시다. 뎅쇼
경, 행정 지원은 사사레 경과 논의하시오."

카일은 로운을 끌고 추국장으로 갔다.

"왜 추국장으로 들어갑니까?"

"미완성된 것을 다른 이들에게 보이기 싫어서 추국장에서 연습하고 있었소. 그래도 전문가에게 먼저 선보이고 싶어서 말이오."

카일은 히죽 웃었다. 즐거운 표정이다.

로운은 카일이 또 무슨 수를 쓰는 것인지 초조한 느낌마저 들었다.

카일이 사람 몸통만 한 나무 상자를 열었다.

빼꼼 어깨너머로 보니 그 안에는 활이 들어 있었다.

그런데 지금까지 단 한 번도 본 적 없는 이상한 생김새였다.

활의 양쪽 끝에 도르래가 달려 있었고 활시위 또한 사선으로 교차되어 이상한 모양새였다.

그리고 무엇보다 일반적으로 쓰이는 장궁에 비해 절반 크기도 되지 않았다.

"이번에 새로 만든 활이오. 풀리 보우라고 이름 지었소. 한번 당겨 보시오."

로운은 호기심 어린 눈빛으로 활을 받았다. 크기는 작았지만 무게는 장궁 못지않게 묵직했다.

가벼운 마음으로 시위를 당기니 중간쯤에 텅 걸리는 느낌이 들 정도로 장력이 강했다.

로운은 어깨를 뒤로 젖히며 시위를 끝까지 당겼다.

투웅!

빈 시위는 육중한 무게감을 선사하며 튕겨졌다.

"어떻소?"

"손에 걸리는 힘이 좋습니다. 크기도 허리까지밖에 안 와서 들고 다니기 좋……겠군요."

로운은 순간 생각이 복잡해졌다.

활은 가공할 원거리 투사 병기다.

그 어떠한 공격도 활만큼의 유효 살상 거리와 관통력을 가지고 있지는 못하다.

그러한 활의 가장 큰 단점은 화살을 소모품으로 들고 다녀야 한다는 것보다도 활 본체의 큰 크기이다.

크기가 큰 만큼 휴대가 용이하지 않다. 그 휴대가 용이하지 않다는 뜻에는 은폐 엄폐에 불리하다는 뜻도 속해 있다.

"과연 들고 다니기 좋겠습니다. 몸을 숨기기에도 좋을 것이며 좌우가 좁은 곳에서도 운용하기 편할 것이고요. 같은 장력에 크기가 작다고 한다면 구조가 복잡한 것 정도는 단점이라고 할 것도 아니지요."

"그리고 기마 상태에서 사격이 가능하지 않겠소? 내가 시험을 해 봤을 때는 나쁘지 않았는데, 공이 보기엔 또 다를지 몰라서 말이오."

"말 위에서 말입니까?"

로운은 활을 자신의 가슴 어름에 가져다 대어 보았다.

다시 크기를 가늠해도 활 끝이 허리를 나가지 않는다.

이러면 충분히 말 위에서 방향을 틀어 가며 사용하는 게 가능하다.

"그 생각을 못 했군요. 궁기병이라니……."

"신규 궁사 양성에 궁기병도 함께 키워 볼까 하오."

"좋습니다. 더할 나위 없이 좋지요. 궁사가 말을 탈 수 있다면 기사들의 기마 돌격을 피할 수 있습니다. 중무장한 기마대를 상대함에 아주 좋은 대비책이 될 것입니다."

"기병의 이점이야 열거하자면 입 아픈 것이고. 어떻소? 이 것을 공의 부관들에게 훈련시켜 보겠소?"

"제 부대에 이 활을 지원해 준단 말입니까?"

"물론 공짜는 아니오."

"아―. 구매하면 되는 것입니까? 개당 얼마씩 해서 몇 개 를……."

"파하하하. 무슨 말씀을 하는 것이오? 내가 아무리 장사를 좋아한다지만 이런 식의 영업은 하지 않소."

"그럼 무엇으로 대금을 치러 달란 것입니까?"

"공은 나의 신하가 되기로 자청하였으니 나의 일을 해 줘 야지. 이 활이 따지자면 영주의 하사품인데, 신하 된 입장에 서 그게 맞는 것 아니겠소?"

카일은 별일 없다는 듯이 웃으며 말했다.

그제야 로운은 카일이 방금 자신에게 가벼운 농담을 했다는 것을 눈치챘다.

그러자니 조금 이상한 기분이었다.

카일이 자신을 오랫동안 함께한 신하로 대하는 것 같은 느낌이었기 때문이다.

'내가 협상을 위해서 고개를 숙인 것을 모르는 바가 아닐 텐데, 이렇게까지 기꺼워할 일인가? 사람을 대하는 마음이 이렇게 손바닥 뒤집듯이 쉬울 수 있는가.'

적이었을 때는 그렇게 철두철미하게 사람을 옭아매더니, 신하가 되겠다고 하자마자 이렇게 새로운 무기를 개발해서 지원을 해 준다니.

로운은 오히려 카일의 반가움이 어색할 지경이었다.

"어떤 일을 하면 되겠습니까?"

"단순히 한 가지 일은 아니오. 아주 중요하면서 고려할 것이 많은 일이오. 그래서 공이 직접 수행했으면 하는 것이오."

카일은 석유 운송과 기수단 육성에 관한 계획을 설명했다.

카일의 설명이 이어질수록 로운은 벌어지는 입을 다물지 못했다.

로운은 석유가 무엇인지 모른다. 그런데 그것을 엘프들에게서 받아 와야 한다는 것은 알아들었다.

또한 로운은 바르테온의 총전력이 얼마인지 정확하게 알지 못한다. 하지만 궁사가 없다는 것은 정확하게 알고 있다.

"그러니까 엘프들과의 교역과 궁사를 양성하는 것에 대한 총책임을 제가 담당하란 것입니까?"

"그렇소."

"아니 왜요?"

"이게 반문할 일이오? 공이 적당하다고 내가 판단했으니 말하는 것 아니겠소."

"그게 아니라, 왜 나에게 그런 막중한 임무를 주냐는 겁니다. 대체 뭘 믿고? 영주님과 저 사이에 그 정도 유대가 있는 것은 아니지 않습니까."

"사람을 일일이 의심하여 가리면 일이 진행이 안 되오. 어디 하나 일손이 남는 곳이 없는 상황이고, 공만큼 적임인 자도 없으니 공에게 일을 맡기는 것이오."

"제 가르침을 받고 자란 궁사들은 자연스레 제 말에 영향을 받게 될 겁니다. 바르테안의 재능 있는 아이들이 제 말을 따르게 될 거란 말입니다."

"무슨 말을 하는지 알겠다만, 그걸 왜 공이 걱정하오? 오히려 그렇다고 하면 공에게 좋은 것이지. 일어나도 수년 후에나 일어날 일은 그때 생각합시다."

카일은 로운이 하고 싶은 이야기를 잘라 냈다. 카일에겐 영양가가 하나도 없는 이야기라서 말이다.

"궁사들에게 이 활을 사용케 하려거든 기존의 궁술에서 변형이 있어야 할 것이오. 그에 맞춰서 몇 가지 준비를 했소."

"궁술을 새로 창안했다는 겁니까?"

"공의 기술에서 몇 가지 변형을 준 것일 뿐 거창한 것은 아니오."

카일이 활과 함께 궁술을 펼쳤다.

그것을 가만 보던 로운이 이번에는 눈을 부릅떴다.

"변형이 아니라 창안이 맞지 않습니까! 이게 어떻게 거창하지 않은 겁니까!"

"익히기 어렵겠소?"

카일은 로운의 호들갑에 어울려 줄 생각이 없는 듯 아무런 감흥 없는 어투로 답했다.

"맥이 완전히 다릅니다. 짧게 힘을 폭발시켜 끊어 내는 연결이 주를 이루고 있지 않습니까. 영주님께서 더 잘 아실 텐데요."

"다른 로펨의 궁수들이 배우기 어려운지를 물은 것이오. 그대들이 먼저 익혀야 궁사 후보들에게 제대로 가르칠 것 아니오."

"새로운 활과 신식 궁술까지 전수해 준다는 겁니까? 이 시위 끝이 영주님에게 향하게 될지 어떻게 알고요?"

"왜 계속 같은 말을 하는지······. 호의엔 감사로 답을 하고 믿음에는 신뢰로 답을 하시오. 싫다 하면 피를 봐야지, 별수 있겠소?"

카일이 허리에 손을 얹으며 말했다. 메테오가 걸려 있는 자리다.

"수가 얕은 것인지 깊은 것인지 모르겠습니다."

"공이 판단할 것은 아닌 듯하오. 운송 임무 중에 생각할 시간이 많을 것이니 사색은 그때 혼자 하고 지금은 기술 전수나 받으시오."

카일은 로운에게 새로운 궁술을 욱여넣었다.

로운도 내심 뭔가 내키지 않는 찜찜한 마음이 있었지만 실력이 실력인지라 카일이 선보이는 기술을 자연히 눈에 익히게 되었다.

"당신은 마스터요. 전세를 뒤집을 수 있는 전력이지. 그런 전력을 박하게 대할 생각은 없소. 믿음에는 신뢰로 답을 하시오. 그럼 피차 서운할 일이 없을 것이오."

"알겠습니다."

"알겠다는 말 분명히 기억하겠소."

카일은 영주의 자세로 로운을 치하한 후 먼저 자리를 파했다.

로운은 어느샌가 자신의 손에 들린 풀리 보우를 멍하니 내려봤다.

바르테온 인장이 찍힌 바르테온의 활이었다.

"영주의 하사품인가……."

실로 복잡한 감정이다.

자신은 이미 뱉은 말을 두고도 하루에도 몇 번이나 마음이 오락가락하였는데, 저 젊은 영주는 자신의 말을 믿고 이런 신무기와 신기술까지 개발하여 기다리고 있었던 것이 아닌가.

"뭐……. 잘된 일이겠지."

총 여섯 대의 1인 위그선이 추가로 만들어졌다.

군다는 그것에 수륙양용험로주파 1인위그라는 이름을 지었지만 카일은 그냥 악어라고 불렀다.

그래서 다른 이들도 그것을 그냥 강철악어로 칭했다.

"우선 1차 파견은 이 일곱 대로 시작하겠습니다. 계속 생산되는 대로 7선 1조로 묶어 후속으로 보내겠습니다."

"알겠습니다. 그럼 다녀오겠습니다. 가자, 활귀신."

칼데온과 로운을 필두로 한 1차 운송단은 총 30명의 규모로 이루어졌다.

10명은 로운의 궁사들이고 나머지 20명은 바르테온이 기사 10명과 바르테온 궁사 후보 10명이다.

지금은 1개 기사단 규모이겠지만 앞으로 계속 확장해 나갈 것이니 시작이 조촐하다 할 것은 없다.

"영주님, 그러면 다녀오겠습니다."

"그래, 막중한 임무다. 사명감을 가지고 임하도록."

시론은 아쉬움은 있었지만 초조함은 없는 얼굴이었다.

이제 카일 곁을 떠나도 자신의 자리가 사라지지 않을 거란 믿음이 굳게 자리한 것이다.

그간 이룬 성취 덕이다.

앞으로 쌓아 가는 것이 많아질수록 더욱 굳게 뿌리 내려 좋은 기둥으로 자라게 될 것이다.

카일은 그들을 배웅하고 뒤돌았다.

신년식을 올린 지 한 달. 동바르테온의 풍경은 어느새 또 많이 변해 있었다.

저 남쪽으로 웅장하게 자리 잡은 종합학원도 있었지만 그보다 카일을 만족스럽게 하는 것은 반듯하게 정비된 도로였다.

벤자르 포장공들의 기술과 바르콘 벽돌, 술사단의 공사 속도가 더해져 만들어 낸 결과였다.

포장도로는 미세한 기울기를 주어 빗물이 도로 양옆으로 흘러나가도록 했고 도로가에는 배수로를 내었다.

이제 바르테온에서는 길을 걷다가 물웅덩이에 발이 빠지는 일이 없다.

이것 하나 고치는 데 퍽 오래 걸렸다. 하지만 그것이 느렸다고 여기진 않는다.

인프라도 행정도 제반 사항도 없는 상황에서 그 모든 것들을 다져 가며 온 것이다.

그러니 이 보도블럭은 카일에게 퍽 값진 것이었다.

그렇게 잘 정비된 중앙로를 걷다가 무심히 고개를 돌려 본다.

옆으로 빠지는 골목은 일자로 뻗어 있고 골목을 걸친 집집마다 화분이 놓여 있다.

그 화분엔 봄이 오는 테가 난다.

사실 조금 일찍 왔다. 엘프드의 왕례가 잦아진 덕이다.

성 밖의 작은 숲마다 자리를 잡은 엘프들은 우선 그 숲은 자신들이 지내기에 적당한 모양새로 만드는 데 집중했다.

숲을 키우고 녹음을 짙게 만든 것이다.

그 탓에 숲을 반경으로 주변 일대까지 초록이 영역을 넓혔다만 크게 문제 될 일은 아니었다.

정비되지 않은 농경지가 조금 영역을 침범당한 정도랄까.

대신 그 숲에 지내는 유해 조수들이 밖으로 나오지 않게 되었다.

숲이 융성하여 먹을 게 많아진 덕이기도 하고 엘프의 통제를 받는 덕이기도 했다.

카일은 그것도 좋은 상생이라 여겼다.

"그대여! 정녕 이대로 저를 모른 척 두고 가실 것인가요!"

"내가 나아가는 길이 당신을 지키는 길이오!"

"제 곁에 없으면 그게 무슨 소용인가요! 제발 가지 마세요!"

"오오—. 사랑하는 나의 종달새여! 영지를 지키지 못한다면 그대와 나의 보금자리마저 잃게 될것이오. 그러니 아무 걱정 마시오. 이 자리에 그대가 있는데, 내가 돌아오지 못할 리 없잖소!"

꺾어지는 골목 끝에서 배우들의 목소리가 굽이쳐 온다.

카일은 벽돌담을 따라 그 발성 좋은 목소리를 찾아갔다.

골목과 골목이 교차되는 사거리 중앙에 있는 단상이 무대이고 길가의 연석은 관람석이다.

관객이 많다 할 수는 없었지만 배우들은 열연했다.

자신이 하고 싶은 연기를 마음대로 할 수 있기 때문이었고 이런 연극이 생소한 바르테안들에겐 어떤 연극이든 대부분 반응이 좋았기 때문이다.

배우들은 갑작스러운 카일의 등장에 흠칫했지만 이내 정신을 차리곤 더욱 최선을 다하여 노래를 불렀다.

관객들은 힐끗거리며 카일의 눈치를 보긴 했지만 자리를 피한다거나 불편해하지 않았다.

그렇게 그들의 무대가 끝날 즈음, 순찰을 도는 기사들이 골목으로 들어왔다.

카일은 기사들이 자신에게 예를 취하기 전에 먼저 그들을 자중케 했다.

가벼운 묵례만으로 인사를 끝낸 기사들이 배우가 내려온

무대로 올라갔다.

"흠흠-! 지금부터 바르테온 수신체조를 진행하겠습니다! 인근에 있는 영지민들은 모여 주시기 바랍니다!"

기사들은 정신을 바짝 차리곤 기본마나운용술을 실시했다.

연극 관람객들은 그대로 마나수련생이 되어 그것을 따라했다.

어설픈 이도 있었고 능한 이도 있었다.

그것과 별개로 열심히 하는 것은 다들 같다.

벌써 이 체조를 잘하면 기사들의 눈에 띈다는 것이 파다하게 소문이 돌았기 때문이다.

당장에 티는 안 나겠지만 반년 정도 꾸준히 수련하면 분명 전과 다른 활력을 느끼게 될 것이다.

이런 골목이 바르테온 전역에 걸쳐 곳곳에 마련되어 있다.

불과 1년 전만 해도 뭔가 거무죽죽하게 죽어 있는 것만 같았던 영지가 초록과 파랑으로 완전히 가득 들어찬 기분이다.

카일은 좋은 기분으로 관저에 들어섰다.

"영주님, 안녕하십니까. 참으로 간만에 찾아뵙습니다."

마구장 두에노가 싱글벙글한 표정으로 카일을 찾았다.

"얼굴이 좋군. 무슨 좋은 일이 있는가?"

"지금 암말들이 새끼를 밴 듯합니다. 그런데 그게 아무래도 아비가 전부 칸인 것 같습니다."

"오-. 그래? 칸 녀석 언제 그렇게 바쁘게 돌아다녔어."

"시기를 가늠해 보니 영주님께서 작년 산행을 나가셨을 때쯤인 것 같습니다."

"1차 원정을 나갔을 때 말인가?"

"예. 그즈음 되는 듯합니다."

그때 고된 여정이라 영지 차원에서 좋은 말을 많이 섭외했었다.

그렇게 산에 올라 있는 동안 칸은 고삐를 매어 두지 않고 풀어 두었었다.

어디 멀리 가는 녀석도 아니고 부르면 금방 달려오는 녀석이라 그렇게 둔 것인데, 여기저기 일을 많이 치른 것일까 싶다.

"흐음-. 그 녀석이 말 가려 가며 그랬을 것 같진 않고……. 일단 알겠네. 임신한 말들은 특별히 더 잘 관리해 주게. 칸의 새끼면 피를 잘 탔을 게야."

"예, 영주님."

두에노가 물러가고 카일은 1차 파견에 동원되었던 암말에 대한 현황 파악을 지시했다.

결과는 금방 나왔다.

"12마리가 임신 중이라고 합니다. 시간을 맞춰 보니 전부 작년 산악진지에 있었던 때인 걸로 파악되었습니다."

"이놈 이거 고삐 풀어 놨더니 진짜 고삐 풀린 망아지처럼 돌아다녔네."

이것도 복이라면 복이다.

"12마리 정도면 그래도 줄 만한 사람들에게 하나씩은 돌아가고도 남겠어."

칸을 탐내는 사람들이 많았다.

재물에 별 관심이 없는 칼데온마저도 칸은 욕심을 냈더랬다.

좋은 선물이 될 것이다.

"전부 한데 모아 특별 관리토록 하겠습니다."

"어미의 주인들에겐 넉넉하게 대금을 지불하도록 하고."

"예, 영주님."

"그리고 앞으로도 새로 태어난 망아지 중에 어금니가 솟아 있는 녀석이 있는지 조사하여 거둬들일 수 있도록."

"예. 그 또한 그대로 이행하겠습니다."

카일은 행정관을 물리곤 밖으로 나갔다.

저택 옆에 만들어 둔 칸의 집이 비워져 있다.

휘파람을 휘익 부니 금방 다각다각 발굽 소리가 들렸다.

"이놈아. 뭘 그리 싸돌아다녀."

카일은 칸의 뺨을 쓰다듬었다.

"올 수신제가 지나고 나면 네 자식들이 왕창 태어날 거다. 뭐나 알고 그러고 다닌 게냐?"

푸르르르릉―.

칸은 카일의 가슴에 이마를 비벼 댔다. 좋다는 뜻이다.

"그럼 생각난 김에 한번 보자. 시일이 좀 됐으니 뼈대는 나왔겠지."

광산 진지에서 티타늄이 내려온다.

그것 중 색이 섞인 것은 대부분 의사원으로 가고 검은색인 것은 잭의 대장간으로 간다.

그 블랙 티타늄들은 전부 갑옷을 만드는 데 사용된다.

카일의 갑옷과 칸의 마갑이다.

다른 작업도 많았기에 그것에 대해서는 닦달하지 않았지만, 잭의 성격이라면 빼놓지 않고 작업을 진행했을 것이다.

몇 달 후면 칸의 자손들이 나온다고 하니 이왕이면 마갑도 세트로 맞추면 좋지 싶다.

그러려거든 지금부터 준비를 해야 할 것이다.

카일이 그런 생각으로 대장간 거리로 들어섰을때, 귀에 딱 걸리는 말이 날아들었다.

"뭔 말 같지도 않은 소리를 하는 거요? 지금 나더러 영수증을 가짜로 써 달라는 거요?"

목에 쇳가루 가득 낀 것 같은 텁텁한 목소리는 분명 대장장이의 것이었다.

"누가 가짜로 써 달라고 했나요? 지원금이 나오려거든 시간이 좀 걸리니 대금을 좀 여유를 두고 지불해도 되냐는 말을 한 거지요."

그리고 거기에 따라붙는 나긋한 목소리는 무희의 것이었다.

카일의 걸음이 서서히 잦아들었다. 딱 멍텅구리 테이블 앞이다. 카일은 자연스럽게 그 자리에 앉았다.

"그러면 물건을 외상으로 가져간다는 거요?"

"네, 따지면 그렇죠."

"그러면 물건을 더 가지고 가야지."

"아, 아니요. 그럴 필요 없어요. 물건은 다음에 가지고 가도록 할게요."

"그러면 외상도 다음에 와서 하면 되는 것 아니오? 왜 자꾸 이상한 소리를 하는 거요?"

"아니에요. 뭔가 좀 안 맞는 것 같아요. 일단 품목을 정리한 다음에 다시 올게요. 많이 파세요."

무희는 급히 대화를 끝내고 대장간을 나왔다.

"아휴, 대충 좀 알아먹지 진짜……. 흐익!"

무희는 대장간을 나오며 작게 혼잣말을 하다 카일과 눈이 딱 마주쳐 버렸다.

"여, 영주님, 안녕하십니까. 영주님을 뵙습니다."

무희는 공손히 허리를 접었다.

"왜 그리 놀라고 그래?"

"아, 아닙니다. 이런 곳에서 영주님을 뵐지 몰라 당황하여 그랬습니다."

"뭔가 거래가 잘 안 되었나 봐?"

카일은 무희에게 가까이 오라 손짓했다. 무희는 떠듬떠듬 걸어 카일 앞으로 왔다.

"앉아 봐. 편히 대화하자고. 내가 해결해 줄 수 있는 것은 해결해 줄 테니."

"아, 아닙니다. 괜찮습니다. 제가 다소간의 착오로 실수를 한 것입니다."

"앉으라 하였네만."

카일이 다시 한번 자리를 권했다.

뭔가 잘못되었음을 느낀 무희의 눈동자가 빙글빙글 돌아갔다.

"네, 네, 영주님."

"왜 그리 긴장을 해? 문제가 있는 것을 도와준다 하면 오히려 좋아할 일이지."

"저 같은 미천한 것이 영주님을 이리 가까이 마주하니 긴장이 많이 되어서……."

"하하, 그래. 그렇다고 하지. 그러면 내가 도와줄 건 따로 없겠군."

"예, 그렇습니다, 영주님."

"그러면 반대로 내가 뭐 하나 부탁해도 되겠나?"

"저, 저에게요?"

"그래. 자네에게."

"예. 예, 영주님. 얼마든지 말씀하세요."

"이 테이블 말이야."

카일이 테이블을 톡톡 두드렸다. 기우뚱 기우뚱 균형이 맞지 않았던 테이블은 이젠 흔들리지 않는다.

"십수 년간 균형이 맞질 않아서 멍텅구리 테이블이라고 불렸어. 그런데 지금은 이렇게 흔들림이 없지."

"예, 예……."

"내가 보아서 고치라고 한 것이야."

"참으로 훌륭하십니다. 하하……."

"공치사를 듣자고 한 말이 아니고. 이런 게 그렇거든. 사실 내가 신경 쓸 일이 아니잖아. 아주 작은 일이고, 다른 사람들도 그다지 신경 쓰지 않는, 아주 사소한 일."

"그렇습니다. 영주님께서 아주 작은 부분까지 참으로 세심히 살펴 주신 것 같습니다."

"지금 자네를 보는 느낌이 그래. 아주 작은 것인데, 좀 세심하게 들여다보고 싶은 기분이 든단 말이야."

무희의 안색이 창백하게 죽어 갔다.

"어때? 내가 들여다보기 전에 자네가 먼저 좀 내보여 줬으면 하는데. 그래 줄 수 있겠나?"

"저, 저는, 저는 그저 지원금이 부족하여 외상을 조금 하려고 했을 뿐입니다. 무대 연출을 하는데, 필요한 자재가 부족해서, 그래서 그렇게 하려고 했던 것입니다."

"그랬군. 알겠네. 가 보도록 해."

카일은 그녀를 쉬이 보내 줬다.

그러곤 란돌을 호출했다.

란돌은 카일이 객과의 볼일을 다 끝내기 전에 카일 앞에 도착했다.

"영주님, 부르심을 받고 왔습니다."

"이 공업지구에 정보단이 활동하던가?"

"대면 정보활동은 하고 있으나 감청은 하지 않고 있습니다."

공업지구는 10단과 공업부의 주요 활동 영역이다.

다른 조직의 영역을 존중하는 의미에서 감청은 이루어지고 있지 않다.

"그러면 발품 팔아서 조사를 하는 수밖에 없겠군. 괜히 부산스러워지겠어."

"그런 것 없이 차분히 조사토록 하겠습니다. 무엇을 조사하면 되겠습니까?"

"극단에서 영수증을 속여서 받으려고 하는 정황이 있었어."

"기만죄군요."

"해당될 수 있는 일이지."

"예. 금일 일과 전까지 보고 올리도록 하겠습니다."

"너무 부산 떨지는 말고."

"예."

란돌이 읍하고 물러났다.

카일은 압축하고 있던 대기를 놓아줬다. 그제야 깡깡 쇠 때리는 소리가 다시 귓전을 울렸다.

"말씀 다 나누셨습니까?"

"그래. 어디까지 들었지?"

"가슴 장식을 몇 줄로 할지까지 말씀드렸습니다."

"몇 줄이 중요한 게 아니라 방어력과 운동성에 초점이 맞춰 줘야지. 제1열에서 돌파를 할 일이 많을 테니까."

"영주님 눈에 차려거든 아예 말용으로 풀 플레이트 메일을 만들어 줘야 가능하겠습니다."

"그럼 그렇게 해."

"으으-."

잭이 턱을 바짝 당겼다.

"싫어?"

"아닙니다. 하라면 해야죠. 그런데 시간 오래 걸릴 겁니다."

"혼자 하지 말고 여럿이서 해. 학회에서 할 것도 없잖아. 학회 주제로 올려. 군마용 풀 플레이트 메일. 딱 좋네."

"그렇게 해도 됩니까? 비밀 엄수인 줄 알았습니다."

"그럴 거였으면 학회를 만들지 않았지."

잭에게는 미안한 말이지만 이제 바르테온의 대장 기술은

그다지 비밀로 할 수준의 것이 아닌 게 되어 버렸다.

핵심은 티타늄이다. 철보다 가벼우면서 더 강한 재료로 구상한 디자인을 일반 강철로 복사해 봐야 같은 물건은 안 나온다.

그렇기에 다른 영지의 장인들과 연구를 함에 있어 우리 것 9할을 내줘도 상대 것 1할을 가지고 오면 그것대로 이득이다.

그 1할을 합친 10할을 실현시킬 여건이 되는 것은 어차피 바르테온뿐이기 때문이다.

"그러면 그렇게 해 보겠습니다."

"기술을 너무 감추려고 하지 말고. 이해할는지 모르겠지만 나눌수록 얻는 게 많은 상황이야."

"저는 그런 머리 쓰는 거 모릅니다요. 그냥 시키는 대로 하겠습니다."

"그래. 그게 자네의 방식이지."

"그런데 드워프들이랑도 같이해야 합니까?"

"같이한다고 하면 굳이 내외하지는 말고."

"제가 가서 같이하자고 해야 하는지 물은 겁니다. 드워프들이 쇠 만지는 기술이 좋긴 하더군요."

먼저 가서 배우겠다는 뜻이다. 이러면 말릴 일이 아니다.

"그건 내키는 대로 해."

"예. 그러면 제가 알아서 하겠습니다."

"급한 거 아니니까 너무 애쓸 거 없어. 그리고 여러 벌 만들어야 하니 감안하고."

"예, 예."

잭은 언제나 그렇듯 담백하게 고개를 끄덕였다.

카일은 관저로 돌아와 남은 정무를 보았다.

이제는 보고서 수가 많이 줄었다.

정보단에서 하도 잡다한 것들이 많이 올라와서 좀 간추리라고 하였고, 그 외의 행정적인 부분은 사사레 선에서 정리되고 있다.

친위대를 중심으로 한 13세대가 밀려 들어온 것은 12세대 기사들의 힘을 빼는 영향을 주었지만 그게 또 반대로 12세대 행정관들의 힘을 더해 주는 효과를 내기도 했다.

사사레는 자신보다 배분 낮은 많은 행정관들을 자신의 방식대로 교육했고 그것이 안정화가 된 시점에선 퍽 좋은 행정 처리 능력을 보이고 있었다.

그러다 보니 요즈음 카일이 주로 보는 정부는 대부분 위그선에 대한 것이었다.

위그선이 물류와 운송은 물론이고 통신 거점의 역할까지 하다 보니 위그선의 발전은 패권의 획득과 그대로 연결되는 부분이 있었다.

신년식이 지나, 신년식의 소문을 듣고 뒤늦은 방문을 한 타 영지의 귀족들도 바르테온강을 건너는 강철악어를 본 다음에는 그야말로 절망적인 얼굴로 돌아갔을 정도이니 말이다.

루카시스의 모든 흐름이 바르테온으로 모이고 있다.

로살롯은 이미 상업연동제에 들어와 바르테온의 기준 도량법과 관세법을 적용 중이고 프론 지역에서도 적잖은 군소 영지들이 가입을 해 오고 있었다.

이런 흐름은 과반을 넘어가고 나면 그때부터는 그야말로 대세가 되어 나머지를 전부 집어삼키게 된다.

현재 상황에서는 거진 과반을 넘겼다고 봐도 좋다.

사실상 숄 또한 상업연동제에 자동으로 영향을 받는 것이기 때문이다.

실로 문화 승리의 완성이 다가오고 있는 셈이다.

"빠르면 올 수신제, 늦어도 내년 신년식쯤이면 적당히 무르익었다고 봐도 되겠지."

그쯤이면 다른 모든 영지에 대해 막강한 영향력을 행사하는 대영주의 자리에 올라도 될 법하다.

그 후 국가라는 개념을 전파하고 루카시스 전역을 국가의 경계로 묶는다면 자연스럽게 왕국의 단계로 넘어가게 될 것이다.

이러한 전체 과정에서 잡음이 없게 하려거든 압도적인 무력도 무력이지만 역시나 문화가 중요하다.

바르테온의 문화가 뛰어나다는 것만큼이나 다른 문화 또

한 잘 받아들인다는 인식이 함께 퍼져야 한다.

그런 의미에서 연극은 아주 중요하다.

다른 영지의 문화를 받아들였다는 것을 표출하는 수단으로 연극만 한 게 없기 때문이다.

다른 영지의 전설이나 민담 같은 이야기를 원작으로 해당 영지의 복식을 맞춰 입어 연기한다면 상대 영지에게 좋은 인상을 주게 될 것이다.

그리고 내심 더 강하다고 인정하고 있는 영지에서 그렇게 해 준다면 그 좋은 감정은 더욱 클 수밖에 없다.

네가 가진 것이 멋지고 재미있다고 해 주는데 누가 싫어하겠나.

여기서 조심해야 할 것은 상대가 자신의 문화를 빼앗겼다고 느끼는 경우인데, 이 부분은 특별히 강조하여 주의를 시켜야 한다.

"영주님, 조사를 끝냈습니다."

정리를 하고 있는 사이 란돌이 수북한 서류 뭉치를 들고 왔다.

간단한 요약본은 앞에 몇 장이고 나머지는 전부 첨부 문서다.

카일은 그 모든 것을 옆으로 치워 놨다.

"보고 듣겠다."

"조사 결과 확인증을 발급받은 54개 극단 중, 총 5개 극단에서 거짓 영수증을 발급해 줄 것을 요구한 정황이 판단되었습니다."

"1할이라. 미미한 수준이군. 이유는?"

"그 이유는 횡령으로 유추하였습니다."

"횡령 목적까지 찾았나?"

"그에 대한 것은 용의자들을 추포하여 심문을 통해 밝히는 것이 가장 정확하다고 판단됩니다만, 현재까지 수집한 감청 정보를 토대로 유추한 결과 극단 내에서 자체적으로 조직한 극단연합과 배우연맹의 회비를 내기 위함으로 판단하였습니다."

극단연합과 배우연맹을 조직하겠다는 보고는 카일도 들었다.

정보단의 보고서뿐 아니라 사사레에게 올라온 극단 관련 공식 보고에도 기입되어 있는 내용이었다.

즉, 극단연합과 배우연맹은 사사레로부터 인가받은 정식 조직이란 뜻이다.

"두 조직은 수관이 인정해 준 공식 조직이다. 극단 지원금에서 해당 금액을 납부한다고 해서 문제 될 게 없는데, 굳이 영수증을 위조해?"

"그 외에 회비 납부를 명목으로 한 개인 횡령의 가능성과 총극단장의 주도하에 일어난 조직적인 횡령의 가능성도 배제할 수 없다는 판단입니다."

갤리언은 거짓 투항을 했다. 지금까지도 그의 신념이 변하지 않았다는 것은 파악되어 있는 상태다.

이것이 정말 갤리언이 주도한 것이라면 그 자금이 어떻게 활용되었는지까지 파 볼 만한 문제다.

본래 전향자가 더 무섭다는 말이 있다.

지금도 보면 다른 벤자르 출신들보다도 말라드가 더욱더 열성적이고 열심이다.

자신의 출신을 보정하기 위해서다.

잠깐 내통자로 의심받았던 게올드의 경우 자신이 나서서 술사단 내부적인 감시체계를 만들 정도였다.

카일은 그것이 낙원단을 대함에 옳은 대응이라고 여겼다.

'잔가지만 털어 내는 게 나으려나, 아니면 기둥뿌리까지 한 번 털까. 어떻게 해 놔야 남은 이들이 더 열심히 일하려나.'

사실이 어떻든 영수증을 위조하려 한 정황은 명백한 사실이다.

이것으로 어디까지 엮어 낼지는 순전히 카일의 마음이었다.

카일은 갤리언을 우선 불러들였다.

그러곤 표면적으로 조사한 정황만으로 질문을 했다.

"영수증을 조작하려던 정황을 파악했어. 바르테온에서는 기만죄에 해당하지. 아주 큰 사안이야."

"바르테온에서 기만죄가 얼마나 큰지는 잘 알고 있습

니다…….”

설명을 들은 갤리언은 식은땀을 흘렸다. 영수증을 조작하라는 지시는 내린 적이 없었기 때문이다.

“내가 그대들에게 박하게 대우한 건 없다고 생각해. 말이야 바른말이지만, 다른 기관이나 조직이 받는 지원보다 더 많은 지원을 해 줬어.”

“그 또한 잘 알고 있습니다. 항상 감사히 여기고 있었습니다.”

갤리언은 핑핑 돌아가는 눈알을 숨기기 위해서라도 고개를 숙여야만 했다.

“아직 바르테온식에 익숙지 않아서 저지른 실수라고 너그러이 넘어갈 수 있는 문제가 아님은 단장도 잘 알 거라 생각해.”

“예, 그 또한 잘 알고 있습니다.”

“잘 안다고 하니 다행이군. 그러면 기만죄에 대한 벌에 대해서도 알고 있나?”

“말로행이라고…… 알고 있습니다.”

“맞게 알고 있군. 특히나 공금 횡령은 영지민들의 세금을 사사로이 가용하려 한 것이니 영지민 모두에게 죄를 지은 것이나 다름없다. 말로로서 그 죄를 씻음이 온당하다 본다.”

“그, 그런데, 질문을 드려도 되겠습니까?”

“허락한다.”

"그들의 혐의가 정확한 것인지요? 제가 알기로 이 바르테온에서 기만죄가 굉장히 중하다는 것을 모르는 이가 없을 텐데 왜 그런 큰 죄를 저질렀는지…….."

"그야 조사를 해 보면 알겠지."

"그러하군요…….."

갤리언은 뭐라 더 할 말을 찾지 못했다.

카일의 어조에서 완고함을 느낀 탓이다.

"하부 조직을 만들어 회비를 걷고 있다지?"

"아, 예. 그렇습니다. 이런 말씀 드리기 송구합니다만, 저희가 바르테안이 되기로 하였으나 그 태생이 벤자리안인 것은 어쩔 수 없는바, 서로 간의 어려운 일이 있을 때…….."

"그만. 그 뜻은 충분히 이해하고 있어. 그래서 그 회비 납부에 지원금을 사용한다는 것을 문제 삼지 않았지. 그런데 그것은 어디까지나 신뢰와 믿음이 기반되어야 한다는 말이야."

"합당하십니다. 저는 영주님의 신뢰와 믿음을 배신한 적이 단연코 없습니다."

카일은 갤리언의 기운을 살폈다.

높은 긴장감이 감지되었다. 하지만 그것이 거짓말에 대한 확실한 증상은 아니었다.

'연기를 잘하니 태연히 거짓말을 할 수도 있겠지.'

"하나 자네의 단원들이 죄를 저지른 바, 확인을 안 해 볼

5장 225

수는 없어. 확실히 하고 가자는 것이니 기분 상해하지 않았으면 좋겠군."

"예, 물론입니다. 무엇을 확인시켜 드리면 되는 것인지요?"

"장부와 회비 현황을 맞춰 봤으면 좋겠군."

"예, 알겠습니다."

갤리언은 대답 끝에 마른침을 삼켰다.

'긴장하지 말자. 명목은 전부 명분이 있는 것들뿐이다. 절대 발각될 리 없다.'

"좋네. 그리 순순히 협조를 해 준다고 하니 흡족하군. 그만 돌아가 보도록 하게."

"이, 이대로 돌아가면 되는 것입니까?"

"그렇네."

카일은 담백하게 답했다.

갤리언은 지금 이게 뭔가 시험 같은 것인가 싶어 고개를 갸웃했다.

일반적으로 알고 있는 추국의 분위기가 전혀 아니었기 때문이다.

"그럼 물러가겠습니다."

갤리언은 불안한 마음 절반 다행이다 싶은 마음 절반으로 종합학원으로 향했다.

마차를 타고 이동하는 중, 뭔가 평소와 다른 기류가 흐른다는 느낌을 지울 수가 없었다.

거리에 소리가 없었다.

평소에는 어딜 가든 항상 와자지껄한 소리가 있었다.

아이들이 뛰어다니는 소리라던가, 어른들이 투척도를 던지며 내기를 하는 소리, 목소리 큰 아낙들의 수다 소리, 그리고 기사들의 호통 소리.

바르테온의 거리는 그런 소리들로 풍성했다.

그런데 지금은 그게 없었다.

절반 남아 있던 불안한 마음에 커지는 것은 순식간이었다.

갤리언은 뭐에 쫓기듯 창밖을 내다보았다.

사람들이 입을 닫고 있었고 삼삼오오 모여 있던 사람들은 은근히 자리를 벌리며 내외하는 모양새였다.

그런 그림 속에 유독 부산하게 움직이는 사람들이 눈에 띄었다.

거리를 지날 때마다 보았던 한량과 일꾼, 종업원 들이었다.

속으로 한심하게 봤던 이들이다. 한량은 한량이었고 일꾼이며 종업원이며 자기 일을 열심히 하지 않고 빈둥대는 모습을 많이 봤기 때문이다.

그런데 지금은 그 움직임이 달랐다.

'기사? 설마 저들은 기사인가?'

순간순간의 움직임이 일반인이 할 수 있는 것이 아니었다.

그리고 지금까지 보았던 눈빛과 완전히 다른 눈빛들을 하고 있었다.

　갤리언은 그런 눈빛을 아주 잘 알고 있다. 사냥을 하는 사냥꾼의 눈빛이다.

　'뭐냐? 뭐가 어떻게 돌아가는 거야? 설마 나와 관련이 있는 건가?'

　"이보게, 마부. 속도 좀 내 주게."

　"속도요?"

　"그래, 속도."

　"하하. 뭐 급한 일 있으시다고 빨리 가자 하십니까."

　"이 친구가 갑자기 왜 그러는 게야? 빨리 가 달라 하면 빨리 가 주면 될 것을!"

　갤리언은 평소와 달리 말대꾸를 하는 마부를 향해 호통을 쳤다.

　그런데도 마부는 고삐를 튕기지 않았다.

　"자네 지금 내가 벤자리안이라고 없이 보는 것인가? 나는 총극단장일세. 영주님께서 신임하시는 학회의 회장이야!"

　"알지요. 잘 알고 있지요."

　"그러니까 얼른 고삐를 튕겨!"

　"귀 안 먹었습니다. 그리 성내지 마십시오."

　"이 친구가!"

　갤리언이 쪽창으로 손을 뻗어 마부의 어깨를 움켜쥐었다.

마부가 고개를 돌렸다.

"허흡!"

갤리언은 순간 숨을 집어삼켰다. 마부 또한 방금 봤던 이들처럼 사냥꾼의 눈을 하고 있었기 때문이다.

"도착해야 할 곳은 때가 되면 다 도착하게 되는 법입니다. 그것은 마부의 소관이지 승객의 소관이 아닙니다. 그렇지 않습니까, 승객님."

마부가 쪽창을 닫았다. 그래도 박차를 가하는 소리는 나지 않았다.

달각달각 정비된 도로가 주는 일정한 흔들림이 갤리언을 두들겼다.

'뭐냐, 대체 뭐야? 내가 뭘 놓치고 있었던 것인가? 뭐가 어떻게 흐르고 있는 거냐?'

갤리언은 초조함에 전신이 마비되는 것 같은 기분이었다.

"도착했습니다, 내리시지요."

마부가 마차 문을 열어 줬다. 갤리언은 도망치듯 허겁지겁 마차에서 내려 자신의 연구실로 뛰어갔다.

연구실은 흐트러져 있었다.

"없다, 없어!"

내역서와 운영비를 넣어 뒀던 금고가 비어져 있었다.

분명 넣어 놨는데 비어진 것이다.

"이봐! 밖에 아무도 없는가!"

갤리언은 방 밖으로 나가 관리시종을 찾았다.

"부르셨습니까?"

"다, 다름이 아니라 누가 내 방에 들어간 것을 보았나? 누구라도 말이야."

"조금 전에 기사님들이 물건을 몇 개 빼 가는 것 같았습니다."

"그걸 그냥 두었어? 왜 왔다 갔다고 하나?"

"이미 학회장님과 이야기가 되었다고 하던데요."

"어흐흐―."

갤리언은 순간 돌변한 관리시종의 시선에 자신도 모르게 뒷걸음질을 쳤다.

"자세한 사정은 모르지만 뭐가 되었든 결과가 나오는 데는 오래 걸리지 않을 것입니다."

관리시종이 총총걸음으로 물러났다.

갤리언은 머리가 꽉 조여 오는 느낌이었다.

'그래서 마부가 속도를 안 낸 것인가? 그렇다고 해도 시간이 맞나? 아, 통신 오브. 바르테온이 통신 오브를 가지고 있지. 비슈 이 변절자 년! 그년이 골렘 기술이고 통신 기술이고 전부 빼돌렸어!'

갤리언은 자리에 앉아 머리를 쥐어짰다.

분명 뭔가 잘못되었다. 잘못되어도 아주 크게 잘못되었다.

늑대 목에 올무를 걸고 있는 줄 알았는데, 오히려 자신이 함정에 빠진 늑대 꼴이었다.

"단장님!"

그때 코렐이 문을 벌컥 열고 들어왔다.

코렐의 얼굴은 터질 듯이 달아올라 있었다.

"무슨 일이야?"

"설마 단장님. 그럴 리 없으시죠? 아닐 겁니다. 단장님께
서 그러시지 않으셨을 겁니다."

"무슨 말을 하는 게야? 제대로 말을 해!"

"단장님이, 단장님이 다른 단원들을 팔아넘겼습니까?"

"이 새끼가 뭐라는 거야!"

갤리언은 반사적으로 코렐의 멱살을 움켜쥐었다.

"달린을 잡아가던 기사가 그랬습니다. 단장님이 달린의
혐의를 증언했다고."

철썩-!

이윽고 따귀가 올라붙었다.

그럼에도 코렐은 고개를 숙이지 않았다.

"어디서 무슨 소리를 듣고 와서 나한테 개소리를 나불대는
게야!"

"영주 관저에 다녀오시던 길 아닙니까? 그곳에서 기만죄
를 인정했다고 들었습니다!"

"그, 그거야……!"

"달린에 대한 기만죄를 인정하셨습니까?"

"아니야, 아니야! 달린에 대한 말은 한마디도 나오지 않았어!"

갤리언은 혼란스러움에 머리가 터질 것 같았다.

"설마 달린이 영수증을 위조한 거냐? 그 혐의자 목록에 달린이 있었던 거야?"

"맞는 겁니까? 맞는 거예요? 단장님이 달린을 팔아넘겼습니까!"

"아니야! 나는 달린을 말하지 않았어! 뭐가 잘못되었을 거다. 일이 이렇게 되었을 리가 없어!"

"바르테온에서 기만죄는 아주 큰 죄입니다! 절대 무사히 나올 수가 없다는 걸 알지 않습니까! 어째서 그냥 혐의를 인정한 겁니까?"

지금까지 한 번도 대든 적이 없던 코렐이 자신을 향해 소리치는 모습에 갤리언은 머리가 차갑게 식는 기분이었다.

"이러면 안 된다. 우리가 이러면 안 돼. 이런 작은 시련에 흔들릴 게 아니다."

"단장님, 아니 선생님, 달린이 그렇게 고까우셨습니까?"

"그, 그게 무슨 소리냐?"

"평소에도 그러셨지 않습니까? 달린은 믿음이 약하다고. 미꾸라지 한 마리가 물을 흐리는 법이라고."

"코렐, 지금 네가 무슨 생각을 하는지는 모르겠지만 흔들리지 말거라. 우리 흔들리지 말자. 이 모든 게 바르테온의 술

수다. 저들이 우리를 속이고 있었다. 우리의 믿음에 불신을 심기 위한 간교한 수단을 쓴 것이다."

갤리언은 코렐을 끌어안고는 매달리다시피 하여 함께 무릎을 꿇었다.

"큰바람에 작은 불씨는 흔들리는 법이다. 기도하자. 우리 함께 기도하자꾸나."

갤리언은 그렇게 기도를 했다. 하지만 마주 안은 코렐의 표정은 멍하기만 했다.

✳

"단장으로서 단원에게 영수증을 위조하라고 지시한 적이 있나?"

"아닙니다. 정말 아닙니다! 저는 억울합니다. 저는 그렇게 일을 하라고 시키지 않았습니다! 저는 모르는 사실입니다!"

달린은 지금 이 순간, 자신이 바르테온에 대해 말로만 들었지 직접 경험한 것은 처음이란 생각을 했다.

바르테온에 들어와서 한 달이 넘는 시간이 지났지만 이제서야 진짜 바르테온을 마주한 것 같은 느낌이었다.

"이봐, 이봐. 너무 그렇게 긴장할 것 없어. 당신은 혐의가 없이 그저 참고인으로 조사차 부른 거야. 차분하게 있는 그대로 답하면 되는 거라고."

조사를 하는 기사의 표정은 확인증을 받고 지원금을 내주던 그 행정관과 별반 다를 게 없는 표정이었다.

　너무도 사무적인 표정.

　그러니까 별다른 감정이나 사사로운 억하심정이 있어서 하는 게 아니라 그냥 일이니까 하고 있다는 그런 얼굴.

　그러기엔 바구니에 든 손목과 바닥을 적신 핏물이 너무도 대조적이었다.

　"어, 없습니다. 없어요. 없습니다. 진짭니다. 없습니다."

　"그래?"

　"예. 진짜 없습니다."

　다른 질문은 나오지 않았다. 대신 기사는 그 옆에 수북이 쌓인 서류를 훑어볼 뿐이었다.

　'대체 저 안에 뭐가 적혀 있는 거야. 언제 저만큼이나 문서를 준비한 건데……!'

　사락사락 종이 넘어가는 소리가 꼭 살점을 베어 내는 칼질 소리같이 들릴 지경이었다.

　"그럼 그 외에 거짓으로 이득을 본 것이 있는가? 있다면 지금 말하는 게 좋아. 손목 잘릴 일도 손가락 몇 개로 끝낼 수 있는 기회야."

　"없습니다. 진짜 없습니다. 제가 이 바르테온에서 거짓으로 이득을 본 건 없습니다."

　"그렇군. 알겠네. 나가 보게."

달린은 밖으로 나왔다. 여느 저택과 같은 밝은 통로였다.

그리고 자신이 방금 전에 나온 저 방도 그저 여느 저택의 접객실과 같은 곳이었다.

달린은 불안한 걸음으로 복도를 걸었다.

문이 열려 있는 옆방에는 치료를 받고 있는 사람들이 있었다.

치료를 하는 이들은 의사원의 의사들이었고 환자들은 방금 말로형을 받은 단원들이었다.

"우읍."

달린은 올라오는 헛구역질에 입을 틀어막고 뛰다시피 걸었다.

빨리 이곳을 벗어나고 싶은 기분뿐이었다.

달린이 그렇게 저택을 나갔을 때, 너무도 익숙한 얼굴이 그 앞에 서 있었다.

"말라드?"

6장

극단에서는 지금까지 먼저 바르테온에 자리한 낙원단원들에 대한 접근을 하지 않았다.

눅스나 아델린에 대한 것도 따로 조사하지 않았다.

괜한 의심을 살까 싶어 일부러 조심한 것이다.

그렇다고 해도 마주치는 경우가 아주 없지는 않았다.

거리 공연을 하다가 술사단이 지나쳐 가는 경우가 있었고 종합학원에서 스쳐 지나가는 경우도 있었다.

그럴 때마다 귀신호를 보냈지만 말라드는 때가 아니라는 대답만 할 뿐이었다.

"이제 때가 된 거냐?"

"그렇다고 할 수 있으려나? 사실 내가 판단할 문제는 아니지."

"너-. 설마……. 너!"

"여기서 이럴 게 아니라 어디 방에 들어가서 이야기 좀 할래?"

"너 변절한 거냐?"

"지금 네 그 질문 굉장히 위험하게 해석될 수 있어."

그 지적에 달린은 입을 꽉 다물었다.

말라드의 말처럼, 바르테온에 충성하는 말라드에게 변절을 운운하는 것은 스스로가 변절하기 전의 상태에 있음을 말하는 것이나 다름없다.

"바르테온에서 거짓은 기만죄야. 지금 그 죄에 대해 경험하고 왔으니 잘 알겠지."

말라드가 자신 옆의 방문을 열었다.

달린은 비틀거리는 몸을 억지로 부여잡으며 방 안으로 들어갔다.

"바르테온의 개가 된 거냐?"

"그래. 충성스러운 개가 되었지. 이왕이면 애완견이 되어서 방 안까지 들어가고 싶은데, 아직은 경비견도 되지 못했어."

"아아-. 대체 우리는 무슨 짓을 하고 있던 거야……."

말라드는 자조하며 말을 털어 냈고 달린은 머리를 부여 쥐며 의자에 주저앉았다.

"다 알고 있던 거냐? 우리가 거짓 투항을 했단 것을?"

"아니. 몰랐지. 그냥 엮이기 싫었을 뿐이야. 그런데 이제 알게 되었군. 거짓 투항을 한 것이었구나."

"허흡! 너 이 새끼!"

달린이 말라드를 거칠게 밀어붙였다. 달린은 말라드의 등이 벽에 막히고 나서야 걸음을 멈추었다.

"낚은 거냐!"

"낚으려 하지 않았어. 너 혼자 제 발 저린 거지."

"듣고 있는 거지? 설마 여기도 함정이냐? 함정인 거지! 이런 개새끼. 나를 함정으로 몰았어! 나를 팔아넘긴 거냐!"

달린은 궁지에 몰린 들개처럼 사방을 두리번거렸다.

당장이라도 기사들이 박차고 들어와 자신의 손목을 잘라 버릴 것 같았다.

"진정해. 기사들이 들어오거나 하진 않아."

"너 뭔데! 너 뭐야!"

"바르테온의 개라며."

"말장난하자는 줄 알아!"

달린이 또 한 번 말라드의 멱살을 쥐었다. 말라드는 그런 달린을 밀어 냈다.

"바르테온에서 거짓은 중죄야. 하지만 모든 거짓말이 기만죄가 되는 건 아니야. 기만죄는 거짓말을 통해 무고한 사람에게 피해를 입혔을 때 적용되는 것에 가까워. 네가 거짓

말을 했다고 해도 그것으로 인해 아직 피해 본 사람이 없다
면 벌을 받지 않을 수도 있다는 거야."

"나를 회유하는 거냐?"

"회유? 사실 나는 너를 회유할 필요가 없어. 너랑 나랑
그다지 친하지도 않았잖아. 오히려 사이가 나쁜 축이었지."

"그럼 지금 이러는 이유가 뭐냐?"

"말했잖아. 애완견이 되고 싶다고."

"너—! 아델린과 눅스도 네가 팔아넘긴 거냐?"

"촛불은 바람에 흔들려도 심지는 살아남는다."

"갑자기 가르침은 왜 읊고 지랄이야!"

"생각 차분히 하라고."

말라드는 그 말을 끝으로 방을 나갔다.

통로는 여전히 비어 있었다.

말라드는 그저 아무 일 없었다는 듯이 자신의 위치로 돌아
갔다.

그와 다르게 달린은 방을 나갈 수가 없었다.

방 밖에 나가자마자 기사들에게 끌려가 손목이 잘릴 것 같
았기 때문이다.

"말라드 저 자식이 우리를 팔아넘긴 건가? 그런데 우린 처
음부터 투항하고 왔잖아. 그리고 저 자식이랑은 접점이 없
었다고. 그럼 그 서류들은 뭐지? 왜 참고인이라고 불러 놓고
별다른 질문도 안 하냐고. 설마 다 알고 있는 건가? 뭘 어디

까지 알고 있는 거야? 모르겠다. 뭐가 뭔지 모르겠어."

머리가 찢어질 것 같았다.

지금 죽으면 낙원에 갈 수 있는 것일까?

낙원에 갈 만큼 불씨를 태웠던가?

낙원이란 게 있긴 있는 건가?

달린은 쏟아지는 생각들을 정리할 수가 없었다.

그렇다고 방을 나갈 수도 없었다. 열려 있는 저 문이 지하 감옥의 거대한 철문처럼 느껴졌다.

찰가락거리는 기사들 특유의 갑옷 마찰음이 들릴 때면 몸을 잔뜩 웅크려야 했다.

"어머나! 여기서 뭐 하고 계세요?"

해가 지고 어둠이 내린 시점에, 시종이 들어와 달린을 보았다.

"어? 어어……."

"괜찮으세요? 보아하니 극단장님 같으신데, 의사님을 불러 드릴까요?"

"아, 아니오. 됐소. 나갈 거요. 나갈 수 있소."

몸을 일으키려던 달린이 휘청였다.

관리시종이 달린을 부축하려 했다. 달린은 그것을 뿌리치듯 밀어내고 저택을 나갔다.

"완전 넋이 나갔구먼. 상태 보면 얼마 못 갈 것 같지?"

"가만히 둬도 길어야 한 달? 이르면 보름?"

달린의 휘청거리는 뒷모습을 본 정보단원들은 평소처럼 말을 주고받았다.

✦

"영주님, 총극단장이 회비를 벤자르로 보낸 정황이 파악되었습니다."

"단원들의 집으로 보냈다는 명목들이군. 집 수리비나, 급한 생활비, 경조사 비용도 있고."

들어온 돈과 나간 돈이 일치하고 나간 돈에 대해서는 나갈 만한 품목과 그에 어울리는 금액들이 적혀 있었다.

하지만 이건 증빙 자료가 되지 못한다. 그저 출납부일 뿐이다.

"감히 의견을 내건데, 이 자금의 흐름을 쫓아 보면 낙원단의 본거지를 찾을 수 있을 것 같습니다."

"그럴 수 있겠지."

"하명만 하신다면 바로 추적하여 처리하겠습니다."

"굳이 그래야 하는가?"

"좋은 기회라 여겨 말씀 올린 것입니다. 모든 것은 영주님의 의중대로이니 저는 그 뜻에 따르겠습니다."

"자네는 친위단장이지. 그러니 나를 위한다는 목적에선 낙원단을 한시 빨리 발본색원하는 게 중요할 거야."

"헤아려 주셔서 감사합니다."

"그런데 내가 낙원단에 위협을 느꼈다면 자네가 말을 하지 않아도 닦달했지 않겠나? 나 또한 영지의 안정을 위해 내 신변의 안전이 중요하단 걸 누구보다 잘 알고 있으니."

"그 또한 옳습니다."

"그렇다면 내가 왜 이들을 그냥 두는지 생각해 보았나?"

"그들이 위협이 되지 않기 때문이고 이미 정보단의 시야 안에 있기 때문입니다."

"그것만 두고 생각한다면 1차원적이다."

"하명해 주시면 뼈에 새겨 기억하겠습니다."

"영지에 더 득이 되는 상황을 생각하는 것이야. 낙원단원은 벤자르에서 우리를 도모하기 위해 고르고 고른 옥석들을 십수 년간 단련시킨 이들이지. 그런 이들이 바르테온을 위해서 진심으로 노력한다면 그만큼 영지에 도움이 되는 일이야."

"옳습니다."

"그렇게 만들기 위해서는 우리가 직접 무너트리는 게 아니라 최대한 많은 전향자를 만들어야 해. 자네도 다 보았잖아. 비슈가 우리를 위해 얼마나 많은 헌신을 하는지, 그리고 말라드가 얼마나 열심히 노력하는지."

"예, 영주님. 제가 너무 의욕만 앞선 말씀을 올렸습니다. 영주님의 뜻대로 진행하겠습니다."

"항상 기억해. 영지를 위해서. 영지에 더 큰 득이 되는 쪽으로."

"예, 명심하겠습니다. 그러면 이 건에 대해서는 더 이상의 추가 대응은 하지 않겠습니다."

"이유에 대해 물은 것일 뿐 대응은 하지 말라 하지 않았어."

"아……."

란돌은 눈을 굴렸다. 모즈와 닮은 구석이 있어서 이따금 둔하다.

하지만 믿고 일을 맡길 수 있는 인재임이 틀림없다.

"흔들어 봐야 하는군요. 오늘 일을 계기로 큰 균열이 일어났을 것이니, 저들의 불안감을 계속 키워 내야 합니다. 그래야 전향자가 나옵니다."

"그 방법으론?"

"강도 높은 검열을 하는 것이 방법이 될 것 같습니다. 안 그래도 몇몇 연극에서 불손한 내용이 섞여 있는 정황이 있었습니다.

"목적에 맞지 않는 수단이야."

"그렇습니까?"

"불안은 두려움에서 나와. 그리고 그 두려움은 반론할 수 없는 정론이 만들어 낸다. 우리의 기준에서야 저들에게 바르테온을 위한 노래를 부르라 할 수 있겠지. 하지만 저들의 입장에서는 왜 예술가의 창작을 검열하냐 할 수도 있는 것이야. 하지만 거짓을 하지 말라, 남을 속이지 말라는 것은 어떠한가?"

"반론할 수 없는 정론입니다."

"그렇지. 그래서 저들도 기만죄에는 어떠한 다른 목소리를 내지 못하는 것이야. 누가 들어도 정론이라. 여론을 모으지 못하는 목소리는 아무 의미 없는 소음일 뿐이잖나."

"예, 영주님. 그 또한 옳은 말씀입니다."

"그러니 항상 정론을 염두에 두고 나를 보필하도록."

카일은 제일 마지막에 긴 이야기의 핵심을 말했다.

란돌의 충성심이 엇나갈 때마다 주의를 주고자 함이다.

"신 란돌, 영주님의 통치론에 탄복하였습니다. 친위단으로서, 또한 기사로서, 항상 정론을 염두에 둔 채 영주님을 보필하겠습니다."

란돌이 읍하여 물러났다.

일이 이렇게 벌어졌으니 이제 극단에 대한 압박이 들어갈 것이다.

부정한 생각을 한 이들은 하루하루 피가 마를 테지.

"갤리언, 연극에 있어서 그만한 실력자가 없기는 한데……"

갤리언은 극본 실력보다도 무대 연출 실력이 굉장히 뛰어났다.

앞으로 연극 무대를 더욱 확장시킬 것이며 개발되는 마법 기술과 기계 기술이 전부 지원될 것인데, 그 모든 것을 감당하면서 활용할 수 있을 만한 인재가 갤리언뿐이다.

지금 당장의 수준만 놓고 봤을 때 그가 없으면 연극의 잠재 성장 동력의 절반 이상을 잃는다고 봐도 무방했다.

"그렇다고 아무런 행동도 취하지 않는 이를 내가 먼저 구제해 줄 수는 없는 일이지."

카일은 그에 대한 생각은 그만 털어 버렸다.

지금 당장 가서 사실을 전부 알려 주며 회유할 것도 아니거니와, 그 말고도 흥미진진한 일감들이 많았기 때문이다.

✦

"달린, 달린, 살아왔구나!"

코렐은 숙소로 돌아온 달린을 와락 껴안았다.

"무사한 거냐? 다친 덴 없고? 달린, 왜 그래? 뭐라고 말이라도 해 봐."

"오늘은 너무 지친다. 좀 쉬고 싶다."

달린은 그렇게 말하며 귀신호를 보냈다.

"어, 알았다. 피곤하지. 그래, 먼저 들어가 쉬어라."

달린은 저녁도 거르고 방으로 들어갔다.

극단 숙소의 분위기가 착 가라앉았다.

어쩔 수 없는 일이다.

"오늘 무슨 일이야? 난리가 났었다며? 무슨 일이 있었던 건데?"

영애들과 저녁을 먹고 한발 늦게 온 리사가 호들갑을 떨었다.

"단장님, 무슨 일인데요? 왜 다들 이렇게 꿀 먹은 벙어리처럼. 뭐 얼마나 심각한 일이길래?"

"리사, 오늘은 좀 조용히 있자."

"뭐야. 왜 그러는데? 내가 알면 안 되는 일이라도 있어?"

"좀 조용히 있으면 좋겠다고."

"안 알려 줄 거야? 내가 영주님한테 직접 가서 물어봐?"

"좀 조용히 있자고!"

코렐은 버럭 소리를 쳤다. 리사는 황당한 얼굴로 코렐과 주변의 모두를 노려봤다.

다들 아무런 말을 해 주지 않았다. 누군가는 이방인 보는 듯한 시선을 하는 이도 있었다.

"진짜 별꼴들이야!"

리사는 성질을 내며 자신의 방으로 올라가 버렸다.

"먼저 일어나겠습니다."

코렐은 음식을 다 비우지 않고 일어났다. 그러곤 달린의 방으로 향했다.

"저도 먼저 일어나겠습니다."

코렐의 옆 테이블에 있던 코드라도 음식을 먹다 말고 일어나 달린의 방으로 갔다.

셋은 그렇게 다시 모였다.

"달린, 신호대로 왔다. 이제 이야기를 해 줘. 무슨 일이 있었던 거야?"

달린은 자신이 받은 취조 같지 않은 취조와 말라드에 대한 것을 둘에게 털어놨다.

"말라드 이 새끼! 결국 변절한 것이구나!"

"말라드가 눅스까지 팔아넘긴 걸까?"

"그건 확실하지 않아."

"그렇다고 해도 그 자식이 우리까지 다 팔아넘길 수도 있는 거잖아."

"그것도 모르는 일이고. 그땐 나도 흥분해서 험한 소리를 했지만 말라드가 그럴 생각이 있었다면 당장 그렇게 했을 거라고 생각해."

"그럼 말라드는 우리에게 시간을 주고 있는 걸 수도 있겠네?"

"무슨 시간?"

"우리가 생각할 시간. 어떤 식으로든 말이야."

코드라의 어떤 식으로든이란 말에는 여러 가지 선택지가 내포되어 있었다.

코렐은 그 숨은 뜻이 불편하여 얼른 말을 돌렸다.

"그건 그렇고 그 중요한 걸 왜 우리한테만 이야기하는 거야? 지금 당장이라도 단장님께 보고를 드려야지."

"단장님께? 코렐, 단장님께 말하면 뭐가 달라지겠냐. 바르테온 놈들, 뭔지 모를 서류를 왕창 챙겨 가지고 있었어. 그게 다 우리에 대한 것들이라면. 우린 이미 일거수일투족을 전부 다 감시받고 있다는 거야."

"하긴⋯⋯. 우리도 처음에 이상하다 싶었잖아. 바르테온에서 우리의 투항을 너무 곧이곧대로 믿어 준다고 말이야."

"개자식들. 겉으론 믿는 척하면서 뒤에서 그렇게 감시를 하고 있었다니. 역시 악적 바르테온이다."

"코렐, 야, 코렐, 정신 차려. 그게 당연한 거잖아. 반대라면 우린 그렇게 안 했겠어? 우리가 멍청하게 곧이곧대로 믿은 게 잘못인 거야."

달린의 목소리에는 힘이 하나도 없었다. 거의 제발 들어 달라 하소연을 하는 투였다.

"달린, 그렇다고 바르테온을 정당하다고 할 건 아니잖아."

"그게 중요한 게 아니라고. 지금 우리는 완전히 덫에 빠졌어. 우리가 나가고자 한들 무사히 나갈 수 있을까? 나가면 어디로 갈까? 우리 신상이며 얼굴이며 전부 팔렸을 텐데, 벤자르로는 무사히 돌아갈 수 있을 것 같아?"

다시 벤자르로 가기 위해서 뚫어야 할 길엔 전부 바르테온의 눈과 귀가 있다.

그리고 벤자르로 돌아간다고 한들 그곳에도 바르테온의 총독관이 있었다.

"우린 벗어나지 못해. 그게 중요한 거다. 말라드가 굳이 밀고를 하지 않는 이유도 알 것 같아. 아니다, 벌써 했으려나? 이런 염병. 뭐가 뭔지 하나도 모르겠군."

"침착하자. 말라드가 밀고를 했다고 쳐. 그러면 왜 바르테온에서 우리를 가만두는 건데?"

"말라드 말이 기만죄는 단순한 거짓말을 처벌하는 게 아니라고 했어. 누군가에게 피해를 입혀야 죄가 성립된다고. 그러니까 바르테온식으로 해석을 하자면 우리가 거짓으로 투항한 건 그것 자체만으론 누군가에게 피해를 주지 않았다는 거야."

"난 네 말이 더 이해가 안 된다. 우린 낙원단이잖아. 바르테온 입장에선 투항이 거짓말이란 것부터가 죄라고."

"아, 몰라. 나도 모르겠다고. 내가 지금 이 순간 정확하게 아는 것은 우린 지금 다 좆됐다는 거고 단장님은 이 문제를 해결할 능력도 의지도 없다는 거야."

달린의 말에 다시 어색한 침묵이 이어졌다.

"코렐, 넌 어떻게 생각해?"

"뭘?"

"방금 달린 한 말, 단장님에 대해서."

"그건……."

평소 같으면 단장님, 선생님을 의심하지 말자는 말이 먼저 나왔을 것이다.

그런데 이번엔 코렐도 그럴 수가 없었다.

이미 그에게 달린을 팔아넘긴 것이냐며 따지고 들었다.

그것부터가 단장에 대한 믿음이 깨졌다는 증거나 다름없었다.

그리고 지금 이 순간 코렐의 머릿속에 떠오르는 장면은 과거 갤리언의 범접할 수 없는 지도자로서의 모습이 아니라, 실질적인 대응은 내놓지 못한 채 기도를 하자는 모습이었다.

"솔직히 나도 잘 모르겠다."

"삐끗하면 우리 다 죽는다. 이런 위험한 상황에서 단장님은 리사도 통제를 못 하고 있어. 올바른 지휘를 하고 있지도 못하고."

"그래서 어떻게 하자는 건데?"

"그 어떻게 하자는 걸 상의하자고 부른 거야. 어떻게 할래?"

"넌 어떻게 하고 싶은데?"

"너는 어떻게 하고 싶냐고."

셋의 말이 돌았다.

쉬이 입 밖으로 꺼낼 수 없는 말들이 맴돌았기 때문이다.

"코렐, 너는 진짜 낙원을 믿냐?"

"갑자기 그런 소리는 왜 하는데?"

"우리가 성전을 완수하지 않으면 정말 지옥으로 떨어질까? 성전을 이루면 정말 낙원으로 갈 수 있을까?"

"달린, 지금 믿음에 대한 것을 이야기하는 것은 맞지 않는 것 같아. 이건 단장님에 대한 문제잖아."

"나는 제법 오래전부터 생각했어. 선생님들이 말하는 낙원이란 게, 바르테온을 물리치고 나서 우리가 권력을 휘어잡았을 때를 두고 하는 말이 아니었을까 하고 말이야."

"달린, 그건 너무 불경스러운 말이야."

"솔직해지자. 우리 진짜 솔직해지자. 나는 그랬다. 나는 바르테온으로 들어올 때까지도 우리가 할 수 있을 줄 알았어. 가능성이 있을 줄 알았다고. 바르테안 놈들은 머릿속에 피와 살육밖에 들어있지 않은 멍청이들이라고 생각했다고. 제깟놈들이 머리를 굴려 봐야 그냥 제깟놈들일 줄 알았단 말이야."

"네 믿음은 정말 얕구나. 선생님 말씀대로, 너는 정말 믿음이 없었어."

"이쁜 여자에게만 친절한 늙은이를 어떻게 신의 뜻을 전하는 선생으로 믿을까? 염병. 클클클. 웃기지도 않는구먼."

달린의 비방이 도를 넘었다. 코렐은 이 대화가 너무도 거북했다.

"달린, 마지막으로 물을게. 뭘 어떻게 하고 싶은 거야? 정확하게, 똑바로 이야기해 봐. 아무 생각도 없이 짜증만 부리는 거라면 더 이상 들어 주지 못하겠다."

"아무것도 하지 말자. 그냥 이대로. 무대나 올리면서 지내는 것도 나쁘지 않잖아. 아무것도 안 하고."

"아무것도 하지 말자고……?"

"지금에서 멈추면. 적어도 지금 멈추면 기만죄로 걸리지는 않아, 지금이면."

"너는 굴복했구나."

코렐은 씁쓸하게 고개를 끄덕였다.

하지만 그라고 해서 별달리 답이 있는 것은 아니었다.

망했다고 생각했다. 실패할 것이라고 강하게 느낀 게 불과 며칠 전이고 지금은 그 실패를 눈으로 확인한 것밖에 되지 않는다.

"그리고 우리는 실패했고."

코렐은 이 허탈감을 어찌 감당해야 할지 가늠할 수가 없었다.

며칠이 지났다.

엄청난 일이 있을 것 같았던 극단에는 이상하리만치 아무 일도 없었다.

극단원 몇 명이 연극 무대에서 길거리로 내쳐진 게 다

였다.

그다지 티도 나지 않을 숫자였고 배우 지망생을 구하기가 가을철 밀알 줄기처럼 쉬운 바르테온이기에 그 빈자리는 느껴질 새도 없었다.

"야, 야야. 마셔. 마셔! 우리도 좀 일한 보람을 느껴야 할 거 아냐!"

"그래! 오늘 마시고 죽자고! 건배!"

주머니가 두둑하니 술자리를 가지는 데 망설임이 없었고.

"어머, 극단장님~ 여기예요, 여기. 노래 한 곡 불러 주세요!"

"그래! 행진가 한번 불러 달라고! 안주는 내가 쏠 테니까!"

돈이 없다고 해서 술을 못 마시는 것도 아니었다.

그래서 달린은 매일같이 술을 퍼마셨다.

불안해서 마시고, 허탈해서 마시고, 외로워서, 또 고독해서 마셨다.

단원들 중에서도 그런 달린을 제지하는 이는 아무도 없었다.

아니, 극단의 분위기 자체가 아주 어수선했다.

전처럼 하나로 뭉쳐서 통솔되는 느낌은 느슨해졌고 그러자마자 숙소를 나간 단원들도 상당했다.

애당초 100인의 극단원들이 갤리언이란 이름으로 뭉치게 된 것은 바르테온에 잘 정착하기 위해서였지 정말 갤리언이 존경스러워서 그런 이는 낙원단원들 외에 거의 없었다.

숙소를 나간 단원들 중에는 이미 낸 연맹비를 돌려 달라고 한 이들도 있을 정도였으니 그 분위기가 어떤지는 대충 알 만했다.

"으으-. 머리야."

달린은 머리를 부여 쥐며 일어났다.

어젯밤 어떻게 잠에 들었는지 기억도 나지 않는다.

오늘 무엇을 해야 하는지도 가물가물하다.

뎅뎅뎅-.

일과 시작을 알리는 종소리가 울렸다.

"될 대로 되라지."

침대에서 일어나고 싶지 않았다. 달린은 한참 더 시간이 지난 다음에야 겨우 몸을 일으켰다.

꾸역꾸역 옷을 갈아입은 달린은 문 손잡이를 쥐었다.

아직 밤이 쌀쌀해 손잡이가 차가운 게 당연했지만 오늘은 더욱더 차갑게 느껴졌다.

꼴깍-.

침 넘어가는 소리가 컸다.

"후우-. 그냥 넘어갔잖아. 그 뒤로 아무 말도 없었다고. 그럼 된 거잖아. 나는 켕길 짓 아무것도 안 했어. 그러면 된 거라고."

달린은 마른침을 삼키며 문을 열고 나갔다.

"좋은 아침입니다, 달린 극단장님."

"좋은 아침이에요."

"늦게 나오셨군요. 오늘은 다른 일정이 있으신가 봐요?"

"딱히 그런 것은 아니고 조금 피곤해서……."

"다른 일정이 없으시다는 거죠?"

"그래요."

"예, 기억하겠습니다."

관리시종은 그렇게 말하곤 바로 등을 돌렸다.

달린은 꺼림칙한 기분을 받았지만 방금 그 관리시종을 붙잡고 싶지는 않았다.

달린은 식당으로 내려갔다.

"어서 오세요, 달린 교수님. 오늘은 누굴 만나시나요?"

"으응?"

"누굴 만나시냐고요."

달린은 순간 그게 식당 시종인 네가 왜 궁금하냔 말이 목구멍까지 올라왔다.

그런데 그 말을 입 밖으로 뱉어내지 못했다.

식당 시종의 눈빛이 사나운 사냥개 같았기 때문이다.

"어, 어어. 오늘은 딱히 만날 사람이 없는데……."

"그러시군요. 만날 사람이 없으시군요. 기억하겠습니다. 식사 맛있게 하십시오."

달린은 식당 시종이 내준 음식을 먹었다.

맛이 느껴지지 않았다.

달린은 음식을 절반도 먹지 못하고 숙소 밖으로 나갔다.

마차가 대기하고 있었다.

"종합학원으로 갑시다."

"예, 교수님. 그런데 오늘은 어딜 가십니까?"

"종합학원으로 간다고 했잖아"

"종합학원 말고 다른 행선지는 없습니까?"

"없다니까!"

"알겠습니다. 기억하고 있겠습니다."

마부도 마찬가지였다.

'이 작자들. 전부 일반인들이 아니다. 전부 조사단 같은 인간들이야. 왜 나한테 붙은 거지? 지금까지 아무 말도 없었 잖아. 나도 아무 짓도 안 했다고! 그럼 그냥 넘어간 거 아니 냐고!'

달린은 미쳐 버릴 것 같은 기분이었다.

"영주님, 금일부로 일상적인 압박을 시작했습니다."

"그래, 이만한 정보가 나왔으니 그냥 둘 수야 없지. 가능 한 잡음 없이 진행하도록 해. 무고한 단원들까지 불안감에 휩쓸리게 하고 싶진 않아."

"낙원단과 관련이 없는 극단원들의 경우 사전에 손을 써 숙소에서 나올 수 있게 조치를 취했습니다."

"그건 아주 잘 신경 썼어."

"감사합니다. 그저 영주님의 가르침을 따랐을 뿐입니다."

"남은 일도 그렇게 처리한다고 하면 내가 신경 쓸 일이 하나도 없겠군."

"신경 쓰지 않으셔도 되도록 부드럽게 처리하겠습니다."

"그래, 믿고 맡기지. 수고해."

"예, 영주님."

란돌은 기분 좋은 얼굴로 읍하고 물러났다.

카일은 책상에 놓인 보고서를 다시금 내려봤다.

총독관에서부터 온 보고서였다.

그 내용은 갤리언이 보낸 자금에 대한 추적이었다.

보고서에 따르면 갤리언이 명목으로 적어 놓은 내용은 대부분이 허위였고 그렇게 보낸 자금이 벤자르 전역으로 퍼졌다가 다시 한곳으로 모여든다고 했다.

그곳에 낙원단이 있다.

자금 흐름을 추적하면 찾을 수 있을 거라 여기긴 했다만 이렇게 쉬울 줄이야. 재미있는 일이다.

그런데 그보다도 재미있는 것은 이번 보고서에 첨부되어 온 별첨 보고서였다.

최근 벤자르 정보원의 행동 양상에 대한 건

현재 벤자르는 정보원은 고사하고 정상적인 군사 조직을 운영할 능력도 없다.

행정적으로도 그렇고 경제적으로도 그렇다.

즉, 이 보고서에서 말하는 정보원의 뿌리는 낙원단에 있을 가능성이 매우 높다.

그런데 그 정보원들이 어떠한 훈련을 받은 이들이 아니라, 그저 심부름꾼에 지나지 않을 정도로 허술한 이들이었다.

상인이면 그나마 나은 수준이었고 농부나 잡일꾼이 높은 비중이었다.

그들의 일관된 진술은, 누군가가 와서 얼마간의 돈을 주며 바르테온의 소식을 물어다 달라는 부탁을 했다는 것이었다.

심부름꾼들은 그 누군가가 누구인지 특정할 수 없었고 어떻게 소식을 다시 전달할 것인지에 대해서도 전달받은 바가 없다고 했다.

꽁돈인가 싶어 그냥 쓰자니 뒤가 찝찝하여 총독관의 기사에게 보고를 한 것이다.

그러고서 한다는 소리가 가관이다.

바르테온의 뒤를 캐는 수상한 자를 신고했으니 자신도 바르테온의 신분패를 달라는.

그런 요청을 했더랜다.

"그 인원이 자그만치 113명."

이 정도 인원이면 실상 갤리언이 보낸 돈이 다시 돌아서 바르테온으로 들어왔다고 봐야 한다.

그게 아니더라도 낙원단이 가지고 있던 운영자금이 들어오는 것이니 결과는 같다.

카일에겐 참 웃긴 상황이었다만 이걸 겪어야 하는 낙원단에겐 참으로 슬픈 상황이 아닐 수 없다.

"정보원을 관리할 통제력마저 상실한 것이지. 양질의 정보원을 섭외할 현장 실무자 또한 부재 상태라고 봐야 할 것이고."

지금까지 낙원단의 본거지를 공격한 적이 없다. 그럼에도 지금의 낙원단은 왜 이런 상태가 된 것일까.

그리고 왜 낙원단 본진에서는 이런 바보 같은 행동을 이어가는 걸까.

복잡하게 생각할 것 없이 이런 선택을 할 수밖에 없는 상황인 것이라 해석하면 된다.

"본거지는 와해 상태나 다름없는 상태인 거지. 현재 극단으로 위장해서 들어와 있는 이들이 그나마 남아 있던 주력인 셈이고."

그러니 낙원단 본진에서는 어떻게 해서든 갤리언의 현황을 파악하고 싶었을 것이다.

그리고 로운이 바르테온으로 들어간 것이 맞는데 갤리언

으로부터 정보가 오지 않는 것에 대한 답답함도 있었을 것이다.

그 어떠한 이유가 되었든 핵심은 낙원단에선 자신들이 몸을 숨겨야 한다는 사실을 망각할 정도로 애가 달아 있다는 점이다.

"이렇게 보면 끝났다고 봐야지. 갤리언 하나 빠지면…….
그야말로 끝이군."

낙원단은 그런 상황이었다.

❋

"야, 리사, 나랑 말 좀 하자."

두 눈이 붉게 충혈된 달린이 리사를 불렀다.

"수업 중인 거 안 보여? 어디 높으신 영애님들 계신데 술 냄새 풍기면서 들어와?"

"눈치 봐 가면서 주둥이 털어. 지금 다 뒈지게 생겼어."

"어후. 기다려."

리사가 제멋대로이긴 하나 눈치가 없는 것은 아니다.

요즘 달린의 상태가 아주 위태롭다는 것은 리사도 제대로 인지하고 있었다.

리사는 영애들에게 양해를 구하고 달린과 대면했다.

"뭔데? 꼭 지금 해야 하는 거야? 있다가 숙소에서 해도 되는 거잖아."

"그럴 것 같았으면 지금 찾아왔겠냐? 생각이란 걸 좀 해라."

"아후, 됐어. 짜증 나니까 빨리 말해. 그래서 뭔데?"

"너 작전 어떻게 돼 가?"

"무슨 작전?"

"이런 염병할! 무슨 작전? 무슨 작전이냐고? 니 작전! 니미인계 말이야! 니가 영주를 꼬시는 것에서부터 시작되는 거였잖아!"

"그거 지금 하고 있잖아. 나도 심란하니까 닦달하지 좀 말지?"

"요즘은 관저에 가지도 않더만! 아가씨들하고 노느라 정신 팔린 거 모를 줄 알고!"

"아무것도 모르는 주제에 뭐라는 거야? 영주님께선 너같이 넋 빠진 사내가 아니야. 자기 소신과 주관이 얼마나 굳건하신데. 그리고 그 옆에 경쟁자도 보통이 아니고."

"그래서 진행이 된다는 거야, 아니야?"

"진행을 하고 있는 거라고! 영주님께서 주신 과업을 먼저 완벽하게 해야 돼. 그렇지 않으면 그 옆에 다가가지도 못한단 말이야."

"그럼 사실상 뭐 없다는 거네?"

"없긴 뭐가 없어? 다 되고 있다니까."

"너도 개털이구먼."

"말조심해. 누가 개털이야."

"너야말로 개뿔 아무것도 모르면서 쫑알거리지 말고 똑똑히 들어. 지금 나한테 조사관이 붙었어. 내가 지금 이렇게 너랑 대화하고 있는 것도 다 듣고 있을지도 모른다고."

"뭐? 이 정신 나간 새끼가. 그러면 왜 나한테 왔는데!"

"시간이 없으니까!"

달린은 이를 까드득 갈며 뇌까렸다.

"무슨 시간?"

"단장님은 너한테 따로 지시 없는 거지?"

"무슨 시간이냐니까?"

"내가 묻는 거나 답해! 단장님은 너한테 따로 뭐 지시 내린 게 있냐고."

"없었어, 그런 거. 학원 열린 다음부터는 독대한 적도 없는데 뭘."

"목숨 걸고 들어온 마당에 일을 이따위로 하고 있으니…….
제집 안방에서나 선생이지 여기서는 볼 것 없는 등신이었네."

"야, 달린, 너 지금 누굴 가리켜서 그렇게 말하는 거야?"

"누구긴? 니가 생각하는 그 인간이지. 됐다. 넌 그냥 그러고 살면 되겠다."

달린은 그렇게 리사를 등졌다.

그러곤 코렐을 찾아갔다.

코렐은 요즘 학원에 있지 않고 거리 공연장에만 있는다. 갤리언을 보기가 불편한 탓이다.

"코렐."

"어, 달린."

"잠시 대화 좀 하자."

"무슨 일인데?"

달린은 코렐을 좁은 골목 안으로 데리고 갔다.

"나한테 감시가 붙었어. 바르테온에서 아무래도 나를 죽이려는 것 같다."

"너 지금까지 술만 먹고 다녔잖아? 눈에 띄는 짓을 한 게 전혀 없을 텐데, 왜?"

"나야 모르지. 말라드가 밀고를 했다던가. 여하튼 나한텐 시간이 없는 것 같아."

"젠장. 나도 상황이 이상하게 돌아간다 싶었어. 우리 일단 탈출하자. 여기서 이럴 게 아니라 지금 당장 바르테온을 떠나는 거다."

"가능성이 없는 이야기다."

"시도도 안 해 보고 죽을 순 없잖아."

"됐어. 내 말이나 들어."

달린은 코렐의 어깨를 잡아채어 흔들었다.

"이곳에선 불씨를 틔울 수 없다. 내가 며칠간 고민하고 또 고민해서 내린 결론이야."

"일단 나가자니까."

"내 말 들어! 불씨는 억압이란 장작이 있어야 틔울 수 있는 거다. 그런데 바르테온엔 억압이 없다. 주변을 둘러봐라. 사람들 얼굴을 봐. 저들 중에 불만이 있는 얼굴이 몇이나 있냐?"

다들 걱정 없이 희망찬 얼굴이다.

오늘의 일이 힘들고 고되어 피곤이 어린다던가 당장 상황이 불편에 짜증을 내기도 하지만 근본적인 불안함과 절망은 찾아볼 수 없었다.

"바르테안들은 내일에 대한 희망과 기대로 가득 차 있다. 그런 이들에게 어떻게 불만을 만들어서 투쟁을 하게 만들 거냐? 내부에서부터 허문다고? 오히려 우리가 내부에서 말라죽는 꼴이다. 이미 그 꼴이 난 거야."

"달린……."

"그래서 말한다. 내가 널 풀어 줄게."

"풀어 준다니? 지금 무슨 소리를 하는 거야?"

"바르테온으로부터가 아니라 너를 죄고 있는 족쇄로부터 말이야. 너 스스로는 절대 끊어 내지 못하는 그 족쇄."

달린은 제 할 말만 쏟아 내고 뒤돌았다. 코렐은 그런 달린을 잡지 못했다.

달린은 그렇게 중앙대로를 거슬렀다. 바르테온대교를 건너며 그 다리 밑을 내려다본다.

다리 아래에는 말로들이 쉬고 있다. 그들 중에 십수 년을 함께 지냈던 얼굴들이 있었지만 알은척을 할 수가 없었다.

달린은 다시 걸었다.

점점 술이 깨고 정신이 또렷해진다.

달린이 영주 관저 앞에 도착했을 때는 완전한 맨정신이었다.

"어떻게 오셨습니까?"

"극단장이자 연극무용학회 교수 달린이라고 합니다. 영주님을 뵙고자 왔습니다."

"약속이 된 것입니까?"

"아닙니다. 하지만 아주 중요한 일로 온 것입니다."

"기다리고 계십시오."

달린은 관저의 정문 앞에서 초조하게 기다렸다.

"들어오십시오."

기사가 와서 그를 안내했다.

그런데 도착한 곳은 영주 저택도 아니었고 영주가 있지도 않았다.

달린은 추국장에서 란돌을 마주했다.

"당신은 누구십니까? 저는 영주님을 뵙고자 청하였습니다. 아주 중요한 사실을 전달드려야 합니다."

"며칠 전 자네가 혼이 쏙 빠져나왔던 조사실이 있지? 그 건물의 주인이라고 하면 얼추 대답이 되겠나?"

"조사단장님쯤 되십니까?"

"영주님께서 자네 같은 자들과 일일이 면담을 하면 일과를 어찌 진행하겠나? 나에게 고하도록 하게."

"알겠습니다. 조사단장님이라면 며칠 전 있었던 사건에 대해서 이미 잘 아실 거라고 생각합니다. 극단에서 있었던 영수증 위조 사건 말입니다."

"잘 알고 있지."

"그 건으로 총극단장 또한 조사를 받은 것으로 알고 있습니다. 결과적으로 혐의 없음으로 풀려났고 저 또한 간단한 조사만 받은 후 풀려났습니다. 영수증 위조를 하려고 한 이들은 기만죄로 말로형을 받았고요."

"알고 있는 사실이네."

"그때 말로형을 받은 단원들이 제대로 고하지 않은 게 있습니다."

"그게 무엇인가?"

"그들의 영수증 위조가 총극단장의 지시를 받았다는 사실입니다."

"뭐라?"

"거짓 없는 진실입니다. 총극단장은 자신의 사욕을 차리기 위해서 그들에게 횡령을 지시했습니다. 총극단장을 불러들여 심문한다면 진실을 고할 것입니다. 제가 증인이 되겠습니다."

"좋다. 지금 즉시 가서 총극단장 갤리언을 체포해 오라."

물은 엎질러졌고 명령은 떨어졌다.

이제 돌이킬 수 없게 되었다.

'정말 상상도 하지 못한 짓을 저질러 버렸어. 내가 이런 짓을 버릴 줄이야.'

달린은 반쯤 멍한 상태로 갤리언이 오기를 기다렸다.

"갑자기 왜 이러시는 겁니까? 이미 다 끝난 일이지 않습니까!"

갤리언이 장내로 들어왔다. 달린의 정신도 번쩍 불이 들어왔다.

"증인은 죄인의 죄를 고하라."

란돌이 갤리언 앞에 달린을 두고 말했다.

"죄인은 구실 좋은 이유로 사사로운 조직을 만들었습니다. 그리고 그 조직의 운영비를 추가로 걷기 위해서 몇몇 친분이 두터운 단원들에게 자금 횡령을 종용하였습니다."

"달린! 달린! 대체 무슨 소리를 하는 게야! 무슨 말을 하는 거냐고!"

퍼억!

갤리언의 외침은 주먹질 한 번에 사그라들었다.

'당신이 진짜 선생인지, 한번 보여 봐.'

달린은 바닥에 널브러진 갤리언의 눈을 빤히 쳐다보았다.

"……그렇게 모은 돈을 사리사욕을 위해 활용할 비자금으로 만들려고 한 것 같습니다. 저자는 벤자르에 있을 때도 공연 수익을 따로 떼어 비자금을 만들어 그 돈으로 귀족 가문에 줄을 대는 짓을 심심찮게 했던 자입니다."

달린은 낙원단의 공작비 조달이란 말을 꺼내지 않았다.

거짓 투항이라는 말도 꺼내지 않았다.

란돌의 얼굴에 실망한 기색이 어렸다.

압박을 가한 지 고작 하루도 안 되어서 이렇게 바로 밀고를 하나 싶었는데, 밀고의 개념이 아니기 때문이다.

'이건 뭐랄까―. 남의 손으로 소를 잡는 것인가? 그렇다면 이놈이 나를 이용하는 꼴이구먼. 얕잡혀도 이렇게 얕잡힐 수가 있나.'

란돌은 파하 웃었다. 본래 성격대로였으면 둘 다 껍질을 벗겨 놓았을 테지만, 지금은 그것이 옳지 못한 방향임을 알고 있다.

'화를 가라앉히자. 나는 영주님의 뜻을 최우선으로 하는 친위단장이다. 영지를 위한 선택. 영지를 위한 선택을 해야 한다.'

란돌은 호흡을 가다듬은 후 갤리언에게 다가갔다.

"학회장의 자리에 있으면서 왜 그런 선택을 했는가? 이미 수관의 직속 기관이며 영주님께 크나큰 신임을 받는 자리였다. 가만히 제 역할만 잘 수행해도 부귀영화가 보장되는

위치였다. 죄인은 고하라. 무슨 의도로 비자금을 조성하려
한 것인가?"

"그, 그것은……. 그것은……."

갤리언의 눈이 자신을 바라보는 달린과 엉켰다.

달린의 귀가 미세하게 쫑긋거린다.

─당신이 없으면 나머지는 다 편안하게 살 수 있어. 당신
만 없으면.

달린의 귀가 그렇게 말하고 있었다.

갤리언은 눈을 질끈 감았다.

솔직히 하고 싶은 말은 있었다.

저번에 장부와 돈을 가지고 가서 전부 대조해 보지 않았느
냐, 그때 아무런 이상이 없어서 깔끔하게 해결된 것인데 왜
이러느냐 하는 항변 정도는 할 수 있을 것이다.

그런데 그런 식의 항변을 하면 달린이 가만히 있을까
싶다.

'달린, 나를 팔아먹는 게 아니냐? 왜 나를 팔지 않는 거냐?
차라리 팔아야 같이 죽기라도 하지……!'

갤리언은 배신감에 내장이 끊어질 듯 조여 왔다.

하지만 그 배신이 조직에 대한 배신이 아닌 자신 개인에
대한 배신이었다.

여기서 혐의를 인정해야 한다. 그래야 달린이 더 주둥이를 나불거리지 않을 것이고, 그래야 추가적인 조사가 이루어지지 않을 것이다.

"행정관이 될 목적으로 준비하였습니다."

"행정관?"

"예."

"정무관이 되고 싶었다는 말인가?"

"그렇습니다."

"간도 크군. 벤자리안이 바르테온의 정무관을 넘보다니."

"저는 신분패를 받았습니다. 신분패를 받은 사람은 그 출신에 상관없이 바르테온의 모든 권리를 똑같이 보장받는다고 했습니다. 그러면 저도 정무관이 될 수 있는 것 아닙니까."

"오오-. 그래. 틀린 말은 아니지. 과연 틀린 말은 아니야. 그런데 이렇게 죄가 밝혀지고 말았군."

"죄를 인정합니다."

갤리언은 고개를 푹 숙였다.

그리고 이 상황에서 란돌은 고민했다.

지금 밝혀진 죄만 가지고 처벌을 한다면 말로형이 최대다.

그런데 갤리언의 본래 죄를 따지면 참수형도 모자란다.

말로형만 내릴 것인지, 여죄를 더 밝혀서 참수형을 내릴 것인지의 문제다.

란돌은 고민을 오래 끌지 않았다.

영지에 득이 되는 대로.

갤리언의 능력은 손이 없어도 유지되는 것이니 일단 살려는 둔다.

"모든 죄를 인정한 죄인에게 말로형을 내리겠다."

갤리언은 기사들에게 이끌려 추국장 한쪽으로 끌려갔다. 의사들은 대기 중이니 집행은 금방 이루어질 것이다.

이제 남은 것은 달린이다.

사실 따지면 달린은 죄가 없다.

하지만 란돌의 눈에는 갤리언보다도 달린이 더 위험한 부류였다.

완전한 전향자가 아니었기 때문이다.

'영주님께서 원하신 건 더욱더 열심히 일할 전향자였다. 그런데 이놈은 그런 것과는 거리가 멀다. 오히려 머리를 쓰는 모사꾼이라고 봐야 한다.'

결과적으로 달린은 조직을 배신하지 않았고 진실을 말하지도 않았다.

어찌 보면 새로 지어낸 거짓말로 내부 경쟁자를 축출해 버린 것으로 봐도 무방하다.

'어디까지나 영지를 위해서. 이놈은 큰 압박을 느끼는 위기 상황에서도 자신의 조직을 등지지 않는 놈이다. 그러면서도 포기하지 않고 수를 내는 놈. 적으로 두면 끝내 한번 뒷발

을 물 놈이다. 처리해야 한다.'

그리고 달린은 갤리언만큼의 출중한 연출 능력이 있는 것은 아니었다. 다른 능력으로 비교해도 다른 극단장들에 비해 그가 꼭 필요한 수준은 아니었다.

"이제 자네의 사안을 논해야겠군."

"저에 대해서 논할 것이 있습니까?"

"며칠 전 조사를 받을 때는 아무 말 않고 지금에 와서 총단장을 고발하는 이유가 궁금하군."

"그땐 무서웠습니다. 손목이 수북이 쌓여 있는 곳에서 누가 맨정신을 유지하겠습니까. 그런데 며칠 정신을 차리고 보니 불안하고 답답하여 이대로는 내가 먼저 말라 죽겠다 싶었습니다. 그래서 고한 것입니다."

"그래, 좋다. 하지만 그렇다고 해서 자네의 위증죄가 없어지는 것은 아니다."

"예. 손가락 한두 개 정도는……."

"이런. 내가 무슨 짓이람."

위엄을 지키고자 분위기를 잡고 있던 란돌이 자신의 이마를 짚으며 탄식했다.

"나 따위가 어쭙잖게 영주님을 흉내 내려 하다니."

란돌은 그대로 검을 뽑아 달린의 목을 쳐 버렸다.

달린의 머리통은 두 눈을 부릅뜬 채 바닥을 뒹굴었다.

갤리언이 말로형을 받고 달린은 참수당했다.

낙원단에서 그렇게 말하는 불씨가 되어 버린 상황이었다.

그런데 그 불씨를 키울 장작이 없었다. 그러니 풀무질은 불씨를 더 죽이는 결과밖에 안 된다.

그것을 알고 있기에 코렐은 달린의 죽음을 따지러 갈 수가 없었다.

"코렐, 우리가 할 수 있는 게 정말 아무것도 없는 거야? 달린이 죽었어. 변변한 재판도 받지 못하고 그냥 목이 떨어졌다고. 이거야말로 우리가 기다리던 바르테온의 패악질이야."

"그래. 우리가 기다리던…… 그 패악질이네. 그런데 지금 우리 곁에 누가 있지?"

함께 온 벤자리안 배우들 대부분은 이미 숙소를 나갔다.

그나마 남아 있던 이들도 오늘 갤리언과 달린이 벌을 받았다는 소식을 듣자마자 부랴부랴 짐을 챙겨서 숙소를 떠났다.

엮이기 싫다는 것이다.

이제 와서 투쟁을 하기엔 그들의 손에 쥐인 게 너무 많았다.

"우리의 목소리에 함께 힘을 내줄 사람들이 누가 있어? 우리끼리 가서 따져 볼까? 달린을 왜 죽였냐고. 왜 재판이 없

전능하신
영주님

었냐고. 그때 말라드가 옆에 있으면 어떻게 하지?"

"코렐……."

"우리는 앞으로 어떻게 될까?"

"우리?"

"그래. 우리는 뭐 걸리는 거 없나? 하하. 젠장. 동료가 죽었는데 죽기 싫다는 생각이 가장 먼저 들다니."

다들 말이 없어졌다.

무기력함은 또 다른 절망감이 되어 그들을 엄습했다.

"아— 꿀꿀해. 뭔데 그래서? 아무 의견 없는 거야?"

리사가 카랑카랑한 목소리로 말했다.

"뭐?"

"다 불러 모아 놓고 뭐 하는 거냐고? 의견 없어? 그럼 나는 이만 들어가고."

"리사……?"

"나 내일 바빠. 영애분들 무대 의상 맞추는 날이야. 오늘도 원래 소피아 학회장 만나서 내일 쓸 의상 고르기로 했는데 니들이 불러서 들어온 거라고."

"리사, 너 지금 그게 할 말이야?"

"야, 리사, 아무리 그래도 이건 아니잖아……?"

"아니긴 뭐가 아닌데. 니들이나 넋 빼놓고 있지 마. 이런다고 뭐가 달라져? 해결돼? 무슨 수도 없으면서 바쁜 사람 오라 가라야."

리사는 그대로 자리를 떠났다.

"그래……. 당장 의견이 없는 거면 일단 오늘은 여기서 파하자. 가만히 앉아 있는다고 뭐가 되는 건 아니잖아. 그리고 단장님도 며칠 지나야 연결을 해 보든 할 테니까……."

또 한 명이 자리를 비웠다. 그렇게 하나둘, 모두가 자리를 비웠다.

"코렐, 오늘은 일단 좀 쉬자. 상황을 좀 봐야 하잖아. 그래, 우리 며칠 상황을 보고 정리가 되면 그때 다시 생각해 보자."

코드라도 그렇게 먼저 자리에서 일어났다.

코렐은 그때 확신했다.

이렇게 다시 모일 일은 없을 것이라고.

"결과 보고드립니다."

란돌이 직접 작성한 결과 보고를 카일 앞에 내놓았다.

카일은 그것을 사무적으로 훑었다.

갤리언은 말로형을 받았고 달린은 참수형을 받았다.

갤리언이 형을 받은 이유와 근거에 대해선 충분했지만 달린은 참으로 경우에 맞지 않는 말이 쓰여 있었다.

·······영지에 해가 되는 자라 판단하여 친위단장의 권한으로 형을 집행했습니다.

"흐음-. 이 판단에 대한 근거는 왜 기입을 하지 않았지?"

"그것이······ 괜한 변명처럼 들릴 것 같아서 적지 않았습니다."

"변명인지 진심인지 판단하는 것은 나의 몫이다. 다음부터는 이유를 다 적도록."

"알겠습니다. 그러면 이번 것도 구두로 보고드리겠습니다."

"됐다. 이 죄인의 가치는 그 정도로 무겁지 않아. 그리고 생각보다 뒤숭숭한 분위기는 오래가지 않을 거다. 그걸 걱정했는데, 별일 없다면 상관할 게 아니야."

달린의 죽음이 어떠한 기폭제나 응어리가 될 가능성이 있었는데, 리사가 그걸 중화시키는 역할을 해 버렸다.

이럴 때 리사에게 좀 더 힘을 실어 주면서 큰 일감을 주면 어수선한 극단 내의 분위기도 금방 잡히리라 본다.

"이제 이만하면 충분하니 극단에 대해선 통상적인 정보활동만 하도록 해."

"알겠습니다."

란돌이 보고를 끝내고 뒤돌려는 순간, 정보단으로부터 어떤 보고가 올라왔다.

"영주님, 방금 정보단으로부터 보고가 들어왔습니다. 갤리언이 현재 자살을 시도 중이라 합니다."

"그래?"

"예. 올가미를 만드는 중이라는 보고입니다. 간섭합니까?"

"간섭이라……."

갤리언은 드러난 죄목만 보면 벌써 죽어도 죽었어야 할 인물이다.

그것을 겉으로 꺼내지 않은 것은 그 죄가 갤리언의 불안감이 되어 자리 잡길 기다린 것이지, 갤리언이 없으면 안 되는 인재라서 그런 것은 아니었다.

그리고 지금은 다소 부족하긴 하다만 갤리언 대신이라 할 만한 인물이 눈에 들어왔다.

리사 말이다.

처음에는 정신 못 차리는 행동을 많이 해서 그 평가가 낮을 수밖에 없었는데, 지금은 낙원단과 선을 긋고 일에 집중하는 모습이 아주 높이 평가할 만했다.

배우이자 무희로서의 재능이야 더 말할 것도 없는 수준에 있으니 연출적인 부분은 직접 손을 보태면 의도한 수준의 연극은 올릴 수 있을 것이다.

"보듬어 가면서 데리고 가기엔 이미 그 죄가 너무 많은 자이지."

"예. 그러면 주변의 정보단은 위치를 고수하라 명령하겠습니다."

"나가 봐."

"예. 물러가겠습니다."

카일은 보고서의 갤리언 항목에 완료 표시를 한 후 보고서를 덮었다.

✣

뎅-! 뎅-!

긴 종소리가 울렸다.

모두 36번이다.

중요한 임무를 성공적으로 수행하고 온 기사단에 대한 칭송의 예식이다.

"바르테온을 위해 헌신한 기사분들에게 더없는 찬사를-!"

성문을 가운데 두고 성 밖에는 칼데온이 있었고 성안에는 리사가 있었다.

리사의 뒤로 그녀에게 수업을 받은 귀족 영애들이 아름다운 치장으로 줄 맞춰 서 있었다.

-영주님, 이게 무엇입니까?

칼데온은 상상도 해 보지 못한 마중에 카일을 찾았다.

-연극무용학회에서 준비한 승전맞이 축하 공연입니다. 여러 의미에서 괜찮은 공연이니 받으시지요.

-저는 가만히 있으면 되는 것입니까?

　-예. 리사가 알아서 할 것입니다.

　칼데온은 카일의 말대로 대열을 멈추게 한 후 자리에서 기다렸다.

　"우리 기사들의 용맹과 노고에 감사의 노래를 부르겠습니다. 기사여, 그 노고 모두가 기리리라―!"

　리사가 먼저 첫 소절을 선창했다. 그 뒤로 영애들이 따라 부르며 합창이 이어졌다.

　영애들 또한 마나를 수련한 능력자들인 만큼 그 소리를 다루는 울림이 일반인의 영역을 쉽게 넘어선다.

　그들의 아름다운 합창이 저 멀리까지 쉽사리 퍼져 나갔다.

　그리고 그 와중 영애들은 직접 화관을 들고 나가 기사들에게 씌워 줬다.

　그 몸짓들도 유연하고 아름다워, 그저 사뿐사뿐 걷기만 하는데도 춤으로 보일 정도였다.

　근 한 달간의 고된 험지 주파에 지칠 수밖에 없었던 운송 단원들이었지만 귀족 영애들이 직접 나선 환대를 받으니 그간의 피로가 씻겨 나가는 듯했다.

　특히나 로펨의 궁사들은 내심 크게 놀라기까지 했다.

　"이봐, 지크, 바르테온에서 원래 이런 걸 해?"

　로운이 칼데온에게 슬쩍 물어보았다. 그의 인식에서도 도저히 유추할 수 없는 그림이었기 때문이다.

"나도 처음 겪는 거다."

"그러면 이거 신경을 엄청 써 주신 거구먼."

"이름 높으신 마스터님, 그 위엄이 함께하여 너무도 큰 영광입니다."

사뿐사뿐 날아든 영애가 로운의 머리에 화관을 드리웠다.

로운은 자신도 모르게 넙죽 고개를 숙여 그 화관을 받았다.

"어흠흠. 나야 시킨 일 한 것뿐인데, 이거 고마우이."

"이 정신 빠진 늙은이 같으니라고. 손주뻘 되는 아이에게 무슨 눈짓을 하는 게야?"

"거 말을 좀 가려 하게. 누가 들으면 내가 무슨 흑심이라도 품은 줄 알겠어. 그저 보기에 어여쁘니 절로 흐뭇해서 그런 것이지."

"쯧쯧. 이런 게 같은 마스터라고."

"바르테온의 불변하는 수호자께, 그 곧은 헌신의 감사를 올립니다."

칼데온에겐 리사가 직접 날아들어 화관을 건넸다.

칼데온은 허리를 곧게 세운 채 손으로 그 화관을 받았다.

그러곤 화관을 검 손잡이에 걸쳤다.

"이봐, 지크, 바르테온에선 원래 검 손잡이에 화관을 걸치는 게야?"

그걸 본 로운이 칼데온을 따라 머리의 화관을 옆구리로 옮겼다.

"아아-. 칭송하여라~ 우리의 긍지, 우리의 자랑-. 그대
들이 루카시스의 기사이니라!"

리사가 목청을 돋으며 길을 내었다.

영애들이 양옆으로 퍼지며 다소곳이 허리를 숙여 예를 다
했다.

칼데온은 그제야 가볍게 박차를 가했다.

멈췄던 행렬이 다시 움직였다.

휘이이-!

성벽 안으로 들어서니 이번에는 시민들의 환호가 있었다.

"뭘 얼마나 성대하게 맞아 주는 거야? 이럴 줄 알았으면
석유를 다섯 통씩 더 싣고 올 걸 그랬어. 괜히 두 통씩 덜어
냈잖아."

"이봐, 활귀신, 좀 의젓하게 있을 수 없나?"

"어흠. 너야 익숙하겠지만 나는 어색하니 그러지. 괜히 좀
일한 것에 비해서 너무 환대받는 것 같기도 하고."

"허튼 생각이야. 우리만을 위한 행사가 아닐 테니 의젓하
게 있어."

칼데온은 그렇게 로운을 콱 내리눌러 놓고는 중앙대로를
가로질렀다.

거대한 아치교의 최고 지점에 카일이 서 있었다.

"신 칼데온, 임무 마치고 복귀하였습니다."

칼데온은 말에서 내려 예를 취했다.

"수고하셨습니다. 준비한 공연은 어땠습니까?"

"다들 저리 좋아하니, 제가 왈가왈부할 것은 아닌 듯합니다."

칼데온이 뒤를 가리키며 말했다.

대열의 끝에 있는 이들은 자신들을 따라붙은 영애들에게 힐끗힐끗 시선을 떼지 못하고 있었다.

"아름다운 것을 찾는 것을 뭐라 할 일은 아니지요."

"옳습니다. 다만, 저 기 센 영애들이 나긋나긋 노래를 하는 모습이 적잖이 어색하더군요."

"하하하하. 보기에 아름답지 않습니까. 앞으로 루카시스에서 바르테온 여인들이 박색이라는 말은 영영 사라질 것입니다."

"어린 기사들이 참 좋아하겠군요."

"그만큼 의욕이 불탈 일이기도 하지요. 사랑만큼 큰 동기부여도 없지 않습니까."

"좋습니다. 바르테온은 사랑도 수련도 열정적이면 그것으로 좋은 것이지요. 하하하하."

칼데온은 시원하게 웃었다.

그 후 운송단은 준비된 연회장으로 이동했고 칼데온은 카일과 함께 관저로 이동했다.

"여정은 순탄하셨습니까?"

"엘프들이 길을 표시해 주어서 험한 일을 겪진 않았습니다. 다만 수련도 함께 병행하느라, 그것은 조금 신경이 쓰이더군요."

"어려운 일 감당해 주셨습니다."

"즐겁기도 했습니다. 앞으로 우리 영지를 책임질 또 하나의 기둥을 만든다 생각하니 흥이 돋더군요. 영주님께선 어떠셨습니까? 하루아침에도 십수 가지가 바뀌는데, 한 달 동안 일이 없었을 리가 없을 것 같습니다."

"그럼요, 여러 일이 있었지요. 새로 만든 위그선도 있고 도시 정비 사업도 구석구석 잘 뻗어 나가고 있습니다. 그리고 스승님께서 아주 좋아하실 만한 소식도 있지요."

"영주님께서 그리 말씀하시니 기대가 됩니다. 그것이 무엇입니까?"

"올 수신제쯤 해서 칸의 2세들이 태어날 것입니다. 그 수가 많으니 스승님께서 눈에 맞는 녀석으로 편히 고르시기 충분할 겁니다."

"어허허허허. 칸 녀석이요? 거 녀석, 언제 그렇게 일을 치르고 다녔답니까."

"산에 올라갔을 때 고삐를 풀어 놨는데, 아주 고삐 풀린 망아지처럼 뛰어다녔나 봅니다."

"허허허허. 아주 잘하셨습니다. 벌써부터 기대가 되는군요. 염치 불고하고 사양치 않고 좋은 녀석으로 골라 가겠습니다."

"예. 얼마든지요. 그리고 또 한 가지 끝난 일이 있습니다. 스승님께는 앓던 이가 빠진 느낌일까 싶어 챙겨 놓았지요."

카일은 책장으로 가서 책 한 권을 뽑아 왔다.

일견 보기에도 두껍고 고급스러운 양피지 책이었다.

"이것은…… 낙원단의 교리서 아닙니까?"

"예. 맞습니다. 빵집 아이가 가져다줬다더군요."

"빵집 아이가요?"

✦

아직 새벽 공기가 쌀쌀한 날씨다.

고급스러운 저택의 규모를 생각하면 벽난로 옆으로 장작이 수북이 쌓여 있어야 하건만 장작은 고사하고 변변한 잿가루도 없었다.

그나마 두꺼운 가죽 러그라도 두르고 있으니 다행이라고 해야 할까.

그러기엔 지난날의 신세가 그를 너무도 초라하게 만들었다.

"어쩌다 이리된 것인가? 어찌하다가……."

빈스는 자신 주변에 아무도 남지 않은 상황에 공허한 넋두리를 신음처럼 쏟아 냈다.

그때 갤리언을 보내지 말았어야 했다.

갤리언과 리사를 계속 곁에 두었어야 했다.

수백 번 후회한 일이지만, 이제 와 후회한다고 바로잡아지는 것도 아니었다.

다시 사람을 모으려고 한들 전쟁이 끝나고 이미 안정기로 들어선 지금 또다시 투쟁을 반길 사람은 없었다.

아니, 없어져 버렸다고 해야 될 것이다.

벤자르에 투쟁을 할 만한 집단이 사라져 버렸다.

기득권을 가지고 있던 전통 귀족들은 전부 죽었다.

바르테온이 전후 처리의 과정에서 정말 한 줌 남기지도 않고 전부 쓸어 버렸다.

그리고 그 자리에 지금까지 소외당하고 있던 비주류 귀족들을 전부 올려 버렸다.

그들에겐 오히려 이전보다 지금이 더 좋은 상황이었다.

일반 민중들도 마찬가지였다.

그들은 낮아진 세금에 흡족해했고 지금에 와서는 바르테온 총독관을 반기기까지 했다.

총독관이 들어선 이후부터는 벤자르 귀족들이 함부로 행패를 부리거나 돈을 뜯어 가는 일이 없었기 때문이다.

있었더라 하더라도 총독관에 신고를 하면 그 즉시 문제를 해결해 줬다.

그러면서 총독관의 이름으로 행패를 부린 적은 없었다.

영주가 직접 와서 능력자를 초빙하고 그 이름 높은 도살자
도 직접 고개를 숙이며 기술공의 손을 빌려 달라 했다.

우리가 비록 전쟁에서 졌지만 바르테온에게 이만큼이나
인정을 받고 있다, 바르테온에선 우리 기술자가 없으면 도로
포장도 하나 제대로 못 한다거나, 변변한 공연 하나 제대로
올릴 수 없다는 말들을 해 댔다.

빈스는 그런 이들에게 그것이 우리의 것을 빼앗기고 있는
것이지 않냐는 말을 했다.

바르테온이 간사한 수법으로 우리의 것을 빼앗는 것이라
고 토로했다.

그러자 돌아온 목소리는, 저들은 돈을 준다는 말이었다.

그것도 많은 돈을 주고 모셔 간다는 말.

지난 수십 년간 벤자르의 그 어떤 귀족이 기술공에게 고개
를 숙이며 제값을 쳐줬냐는 울화 섞인 질타가 돌아왔다.

그때 빈스는 진심으로 깜짝 놀랐다.

지금의 벤자르는 예전과 같지 않다는 것을 정말 절절하게
깨달은 날이었다.

그리고 자신의 건강과 의지 또한 전과 다르다는 것을 느낀
날이었다.

낙원단의 불씨가 꺼져 버렸다.

바르테온으로 간 이는 다시 돌아오질 않았고 애써 돈을 쥐
여 주어 보낸 이도 다시 돌아오지 않았다.

찾아야 하는 사람은 소식이 닿질 않았고 곁에 있어야 할 사람은 하나도 남지 않았다.

이제는 수중에 돈도 없고 주변에 남은 사람이 아무도 없었다.

"그때 그냥 그만뒀어야 됐던 건데……. 그냥 그날 그만뒀어야 했던 것인데."

별낙원이 공격받았을 때.

수중에 돈도 있고 사람도 있었던 그때. 그때 그냥 다른 약소 영지로 넘어가서 기틀을 잡았으면 지금은 조금 달랐을까?

바르테온의 대응이 너무도 미적지근하여 해 볼 만하다고 생각했던 게 패착이었다.

아니면 애당초 바르테온은 칼만 좋아하는 멍청이들이라고 여긴 것부터가 잘못인지도 모른다.

낙원단은 저들이 칼을 뽑게 하지도 못했다.

지금의 결과가 그것이다.

꼬르르르륵-.

이렇게 뱃고동 소리가 울리는 것도 그 결과다.

빈스는 축난 몸을 일으켰다.

기운 없는 몸은 위태로운 정신만큼이나 크게 비틀거렸다.

오랫동안 먹지 못했다.

밥을 챙겨 먹을 기력이 없어서도 아니고 그럴 정신이 아니어서도 아니다.

돈이 없어서였다.

돈이 없다.

주머니에 가지고 있던 운영자금은 전부 털어 쓴 지 오래다.

조달되어 오던 돈도 끊어진 지 오래다.

모르긴 몰라도 어디 곳곳에 비자금이 숨겨져 있을 텐데, 사람들이 끊어지면서 그 비자금에 대한 연결 고리도 전부 끊어져 버렸다.

"내가 쥐고 있던 것이 결국 하나도 없었던 것이지. 내 손에 쥐고 있던 게……."

빈스의 손에는 두꺼운 교리서만이 남아 있었다.

이것이면 될 줄 알았다.

모든 이들의 정신을 옭아매고 있으니 구태여 열쇠 꾸러미 따위 직접 들고 다니지 않아도 충분하리라 여겼다.

자신의 말을 진리처럼 듣고 목숨마저 내던지는 이들이 수백 명씩 있었으니, 세상천지 두려울 게 없었다.

그 가득 찬 고양감이 눈과 귀를 멀게 했었던가.

지금은 남은 게 이 두꺼운 교리서 하나뿐이었다.

이미 앙상하게 말라 버린 손으론 들고 다니기 너무도 무거운 책이었다.

들고 있어 봐야 의심받기 딱 좋은.

가지고 다니기엔 너무나도 무거운 책.

그래서 빈스는 그 책을 놓아 버렸다.

누가 볼세라, 제값도 생각하지 않고 패잔병이 깃발을 버리듯 그렇게 버려 버렸다.

❋

"습득 경로에 대한 추적은 해 보지 않으신 것입니까? 추적을 한다면 적 수뇌를 잡을 수 있었을 텐데요. 아, 제가 다녀오면 되는 것입니까?"

"아니요, 아닙니다. 일감을 드리려고 내보인 게 아니었어요. 그냥 있는 그대로 보여 드린 것입니다."

"흐음─. 하면 정말 추적을 안 하신 것이군요. 바르테온에 들어온 자들이야 쓸모가 있으니 그렇다 하지만, 밖에 있는 자는 끝내 우환거리가 될 터인데 그냥 살려 두심은 측은지심이 드신 것입니까?"

"그럴 리가요."

카일은 어깨를 으쓱하며 교리서를 다시 책장에 꽂았다.

별것 없는 것이라곤 하나 퍽 의미 있는 전리품이다. 그리고 바르테온을 노리는 적이 있다는 증거이기도 하다.

"이 녀석은 미끼입니다. 울타리 밖의 미끼이지요."

"울타리 밖의 미끼라…… 하면 울타리 안의 무엇을 잡기 위한 미끼입니까?"

"울타리 안에 풀어놓은 사냥개가 워낙 험해서 말입니다."

카일은 피식 웃으며 답했다.

"란돌 말씀이십니까?"

"주인에게 충성하고 싸움 잘하는 사냥개면 더할 나위 없다만, 사냥감이 없으면 괜히 다른 가축을 잡아먹으려 들지 않습니까. 그러니 아직 사냥감이 남아 있다고 해야지요. 사냥개를 잡을 게 아니라면요."

"허허허. 영주님께서 그리 쓰신다 하면 정말 신경 쓸 게 없는 상황이 되었나 봅니다."

"그럼요. 실질적인 위협은 하나도 남지 않게 되었습니다. 다시 좀 자라나라고 물을 주어야 할 정도로요."

"허허허. 저쪽에서 영주님께서 이런 생각을 하고 있다는 걸 안다면 남아 있던 자들도 피를 토하고 죽겠습니다."

"그러면 안 되지요. 끝까지 추적한다는 걸 일부러 뜯어말려 살려 둔 것인데요."

"영주님 뜻이 진정 그러시다니, 저도 사람들을 거둬들여야 하겠군요."

"예. 거두셔도 될 듯합니다."

지금 지크 가문의 병력은 바르테온의 경계에서 활발한 감시 활동을 하고 있다.

칼데온의 명령이었다.

분명 그것이 바르테온을 지키는 방어선의 역할을 하기도 했지만 한편으론 과한 전력 낭비이기도 했다.

　　"예. 바로 명령하여 거둬들이겠습니다."

　　"그리고 이것은 레온에게 온 서신입니다."

　　카일이 또 한 가지 챙겨 둔 서신을 칼데온에게 건넸다.

　　서신의 내용은 콘스칸에서의 임무를 완수하고 그대로 북상하여 프론 지역으로 향한다는 것이었다.

　　"큰일 하나 끝냈으니 복귀하여 쉬었다 다시 나가라고 해도 싫다더군요."

　　"더 열심히 해야지요. 그 녀석이 영주님께 받은 은혜에 비하면 그 정도 일은 수고라고 할 것도 없습니다."

　　"그렇지요? 그래도 타지에서 고된 일 시키는데 영주로서 변변한 지원도 못 해 주는 게 영 마음이 쓰여서 말입니다."

　　"허허, 허허허허허."

　　칼데온은 카일의 속뜻을 알고 허허 웃었다.

　　정말 웃음이 나는 일이었다.

　　모든 권력을 쥐어라 그렇게 간언하고 또 간언하였는데, 정말 이렇게 모든 권력을 쥐어 버린 모습이었다.

　　"예, 알겠습니다. 불러들인 가신들을 전부 레온에게 붙여 주도록 하지요."

　　"제자가 스승님께 참으로 경우가 없습니다."

　　"경우가 없다니요. 오히려 제가 영주님께 감사의 절을 올려도 모자랄 판입니다. 후대에게 이렇게 안정적인 권력 이양이 또 있겠습니까. 영주님께서 살펴 주실 때 고스란히 들어서 그대로 넘겨주도록 하겠습니다."

칼데온은 진정한 충심으로 고개를 숙여 뜻을 따랐다.

그리고 다시 고개를 들어 카일과 시선을 맞췄다.

"영주님."

"예, 스승님."

"어디까지 내다보고 계십니까?"

칼데온은 여전한 혈기로 그리 물었다.

다음 권으로 이어집니다

꿈의 도약, 로크에서 하십시오
(주)로크미디어에서 신인 작가를 모십니다

즐거운 세상, (주)로크미디어는 꿈을 사랑하고 도전을 두려워하지 않는 작가분들의 참신한 작품을 기다리고 있습니다. 21세기 장르 문학계를 이끌어 갈 차세대 선두 주자 (주)로크미디어에서 여러분의 나래를 활짝 펴 보시길 바랍니다.

모집 분야 판타지와 무협을 포함한 장르 문학
모집 대상 아마추어 작가, 인터넷 작가
모집 기한 수시 모집

작품 접수 시 유의 사항

1. 파일명은 작가명_작품명.hwp 형식을 갖춰 주십시오.
1. 파일에 들어갈 내용은 다음과 같습니다.
    - 성명(필명인 경우 실명을 밝혀 주세요), 연락처, 이메일 주소.
    - 제목, 기획 의도.
    - A4용지 1장 분량의 등장인물 소개.
    - A4용지 2장 분량의 전체 줄거리.
    - 본문.
1. 작품이 인터넷에 연재되고 있다면, 게시판명과 사이트의 구체적이고 정확한 주소를 기재해 주십시오.

선택된 작품은 정식 계약 후 출판물로 간행되어 전국 서점에 유통됩니다.
작가분은 (주)로크미디어의 전폭적인 지원하에 전속 작가로 활동하시게 됩니다.
※ 자세한 내용은 로크미디어 홈페이지(rokmedia.com)를 참조하세요.

(03920)서울시 마포구 성암로 330 DMC첨단산업센터 3층 318호
(주)로크미디어 편집부 신간 기획 담당자 앞
전화 : 02)3273-5135
www.rokmedia.com   이메일 : rokmedia@empas.com

만렙닥터

13월생 현대 판타지 장편소설

리턴즈

인생 2회 차 경력직 신입
칼솜씨도, 인성도 '만렙'인 의사가 돌아왔다!

만성 인력난에 시달리는 흉부외과에 들어온 인턴
메스도 잡아 본 적 없는 주제에
죽을 생명을 여럿 살려 내기 시작한다?

"이 새끼, 꼴통 맞네."
"죄송합니다."
"잘했어!
"네?"

출세만을 좇으며 살았던 전생
이렇게 된 이상 인생도 재수술 한번 가자!

무데뽀(?) 정신으로 무장한 회귀 의사
이제부터 모든 상황은 내가 집도한다!